初恋ドラマティック

間之あまの

幻冬舎ルチル文庫

CONTENTS ✦目次✦

初恋ドラマティック

初恋ドラマティック……5
キッチンで朝食を……275
あとがき……285

✦カバーデザイン＝小菅ひとみ（CoCo.Design）
✦ブックデザイン＝まるか工房

イラスト・高星麻子✦

初恋ドラマティック

もう二度と、会えないひとだと思っていた。

【1】

きらめくシャンデリア、エレガントにドレスアップした人々、シェフたちによって目の前で調理されるビュッフェ料理。

細かい泡が立ちのぼるシャンパンのグラスを手にした柚月流衣《ゆづきるい》は壁際に佇《たたず》み、黒目がちの大きな瞳《ひとみ》でバンケットホールの様子を眺めていた。

(別世界だなあ……)

はあ、とふっくらした唇から感嘆のため息が漏れる。

ここは世界的なラグジュアリーホテルであるオテル・ド・エリオス、別館オープン一周年記念パーティ会場だ。ラグジュアリーと銘打たれるホテルだけあって、どこを見ても豪華さに圧倒される。

小柄な流衣は自分でも残念になるくらい童顔だ。パーティに備えて新調した品のいいグレージュのスーツはちゃんと体に合っているけれど、さらりとした黒髪の素直さもあってとても二十六歳には見えない。むしろ高校生が大人のパーティに紛れ込んでしまったような印象を与える。自分がそう見えるのをわかっているからこそ、目端がきく一流スタッフに必要以上に気遣われたりすることがないように壁際でおとなしくしている。

いつもの流衣ならこんなに華やかな場所に縁はないのだけれど、今夜は特別だ。勤務先のアパレルメーカー『Ｓｐｒｉｎｃｅ《スプリンセ》』が招待され、テキスタイル部門の参加メンバーの一人としてデザイナーの流衣も選ばれた。

アパレルメーカー勤務、しかもテキスタイルとはいえデザイナー。

肩書きだけなら華やかなのにもかかわらず、流衣は西洋風の下の名前以外は特に華やかじゃない。かといって単純に地味というわけでもなく、濡《ぬ》れたような大きな瞳に陶器のようになめらかな肌、華奢《きゃしゃ》な体つきの整った容姿をひとことで表すと、清楚。男子に使われる単語ではないものの、繊細な雰囲気も含めてそれが最もしっくりくる。

ちなみにテキスタイルは色や柄だけじゃなく、素材や染め方、織《おり》や編《あみ》で変わる布の質感までデザインする奥深い世界だ。テキスタイルデザイナーは色彩感覚やグラフィックのセンスがあるのは当然として、布の元となる素材から始まる幅広い知識、さらには日進月歩の新素材や新技術についての勉強も必要になる。つまりは芸術家の感受性と研究者の冷静さをあわせもったクリエイター。

繊細な外見のいとけなさによらず、流衣もしっかり研究者気質を持ち合わせている。観察するのは楽しい。普段目にしないような別世界はなおのことだ。

（『綺羅《きら》、星のごとく』ってこういうのを言うんだろうなあ……）

あでやかにドレスアップした人々を眺めながらしみじみと思う。

よく「綺羅星」という独立した単語として使われがちだけれど、この場には元のフレーズと意味がふさわしい。まさしく輝くような錚々《そうそう》たる面々が夜空の星のように一堂に会している。

でも一人だけ、通用だとしても「綺羅星」の方を使いたくなる人物がいる。

シャンデリアの光を受けてきらきらして見える金色の髪、遠目にも印象的な美しい青い瞳《ブルーアイズ》。非の打ちどころがない完璧《かんぺき》な美貌《びぼう》にオーダーメイドのスーツが見事に似合うスタイル抜群の長身。

ラファエル・ヴァロア・ド・ラ・ロルシュ。

大勢の人に囲まれていてもひときわ目立つゴージャスな美形は、オテル・ド・エリオスの親会社であるエリオス・インターナショナルの副社長でホテル部門の最高責任者。今夜のパーティの主催者だ。

フランスに本社を構えるエリオス・インターナショナルは、ラファエル氏の曽祖父にあたるヴァロア伯爵が十九世紀の終わりに領内のお城を利用して高級ホテルを始め、そこから派生して観光業や飲食業にまで手を広げていった。現在の社長は彼の父親で、観光業、飲食業、ホテル業のそれぞれを一族から選ばれた三人の副社長が分担して統括している。

どの分野もグローバルに展開しているけれど、主幹産業はやはりホテル業だ。ヴァロア一族であれば年齢や性別、直系かどうかなどにこだわらずに優秀な人材をトップに据えるという独特な同族経営の大企業において、メインのホテル部門を任されている時点でラファエルの一族内での立場、その能力のほどがうかがえる。

次期当主の筆頭候補と目されている彼は華やかな場にいても特別な存在感があった。物腰はエレガントなのに、生まれながらにしてトップに君臨する人ならではの威厳をオーラのように纏《まと》っている。

遠く離れているのをいいことに、流衣はこっそり美貌の人を見つめた。見ているだけで、細くやさしい絹の糸で胸を締めつけられるような感覚に襲われる。

（七年も経《た》つのに、まだこんな気持ちになるなんて思わなかったな……）

誰にも言ったことはないけれど、流衣は彼を直接知っている。

彼の方は、流衣の姿を知らないけれど。

感慨深い思いで見つめていると、視線を感じたかのようにふとラファエルが顔をこっちに向けた。

深い海のような、穏やかなのに神秘的なサファイア・ブルー。

初めて彼の瞳を見たのに、ずっと昔から知っていたような気がした。やっと巡り会えたような深い安堵《あんど》、言葉にできない懐《なつ》かしさで胸がいっぱいになって、どうしても視線をそらせない。

じっと、彼も見返してきた。

ラファエルは流衣の顔を知らない。二人がかつて知り合いだったなんて思いもよらないはずなのに、思いがけないほど一途な視線で見つめられて鼓動が速くなる。視線だけで結びあっている二人の間の距離も、周りの人々も消えてしまったような不思議な感覚。

ふいに、ラファエルと同じくらい長身の男性によって視界が遮《さえぎ》られた。

一瞬なのにひどく長く感じられた魔法の時間が解けて、流衣は震える吐息をつく。

なんだか脚に力が入らない。ふわふわしているような気分でさっきよりも壁際に寄って背中をもたれさせ、ゆっくりと深呼吸した。

「柚月、どした？　もしかして飲み過ぎた？」

心配そうな声に顔を上げると同僚の椎名《しいな》だ。彼は少し目尻《めじり》の上がった瞳が印象的な美人顔で、眉《まゆ》をひそめているとちょっと色っぽい。性格的には色っぽいどころかさばさばした男前なのだけれど。

「ううん、大丈夫」

面倒見のいい同僚に心配をかけないように、流衣は微笑《ほほえ》んでかぶりを振った。

「でも顔赤いぞ」

「え、本当？」

自覚していなかっただけに頬《ほお》に片手を当てて確認すると、確かにいつもより熱い。シャンパンは形式的に受け取っただけで飲んでいないから、さっきラファエルと目が合ったのが原因だろう。

「柚月、ただでさえ可愛《かわい》い顔してんのに頬染めてんのとかヤバいだろ。これは没収《ぼっしゅう》ー」

「椎名ってば心配性の彼氏みたいだよ」

シャンパングラスを取り上げられて苦笑すると、にやりと笑みが返ってくる。

「悪いな、遠回しに告《コク》ってくれても俺は柚月の気持ちに応《こた》えてやれない」

「そうだよね、椎名には『indigo《インディゴ》』のデザイナーさんがいるんだものね」

彼らしい軽口に合わせて冗談で切り返したつもりだったのに、先日まではずっと笑って流していた椎名が一瞬固まって、それからうっすらと赤くなった。

「あれ、椎名、もしかして……」

「あーっと、ちょうどいいところにスタッフが！　グラス返してくるわ」

わざとらしく遮った椎名が飲み物のトレイを手にホールを巡回しているスタッフの元へと逃げて行った。

なるほどね、と唇がほころんだ。研究者気質を侮《あなど》るなかれ、ふんわりした印象を持たれがちだけれどこう見えて流衣は敏《さと》い方だ。

前々から椎名とその幼馴染《おさななじ》みという匿名デザイナーの仲を怪《あや》しいと思っていたら、うまくいったらしい。四月の終わりに長い有休を取った後から同僚が前にも増して美人になった気がしていたのは気のせいじゃなかったのだ。

すらりとした背中を微笑《ほほえ》ましい思いで見送っていると、つややかなマッシュルーム頭と同じくらいインパクトのある赤地に黒の水玉模様のドレスを身に着けた女性に椎名が捕《つか》まった。テントウムシの国のプリンセスみたいな年齢不詳の彼女は、勤め先であるスプリンセの春姫《はるひ》社長だ。ああ見えて何気にやり手で、社員と自社製品を愛していて、おしゃべりが大好きな人。

(これは椎名、しばらく戻ってこないだろうなあ)

くすりと笑った流衣は手持ち無沙汰《ぶさた》に周りを見回す。その視線が中庭に面して並んでいる大きなフランス窓に留《と》まった。

(……もしかして、外に出られたりするのかな)

試しに近くのフランス窓の真鍮《しんちゅう》製のノブを回すと、すんなりと開いた。四季折々の美しさを堪能できる広大な庭園も人気のホテルだけにパーティの参加者も庭を楽しめるように閉めきりにしていないらしい。

少し開けた隙間《すきま》から流れ込んできた外の空気はひんやりして心地よかった。誘われるようにバルコニーに出る。

今夜は六月らしい雨夜だ。おかげで他にまったく人影がない。

(独り占めだ)

ちょっと嬉《うれ》しい気分でフランス窓を閉めると、室内の喧騒《けんそう》がぐっと遠くなった。聞こえるのは雨の音、かすかな音楽。穏やかな静けさにふさわしくフランス窓のガラスを通った明かりのみのバルコニーは明るすぎず、端に向かうにつれて夜が濃くなる。

盛況なパーティから離れるように端に寄って、しっとりした夜気を深く吸いこんだ。雨の匂《にお》いに混じってほのかに甘い花の香りがする。優雅でやわらかな香りは梔子《くちなし》だ。風情《ふぜい》を壊さないように光量を抑えてライトアップされている庭に白い花の姿は見えないけれど、どこかで咲いているのだろう。代わりに目の前に広がるのはたくさんの紫陽花《あじさい》。青紫色のこんもりとした花は雨が好きだから濡れて生き生きとして見える。

メローな香りとやさしい雨音に浸りながら、流衣はさっき目が合った美貌の人に改めて思いを馳せた。

(ラファエル、元気そうでよかった……)

七年前、まだ美大生だったころ。義理の母の実家があるフランスの郊外で奥手だった流衣も遅すぎる初恋をした。

目許《めもと》を包帯で覆《おお》われた背の高いやさしい人に、叶《かな》うはずもないひそやかな恋心を抱《いだ》いたのだ。

「また会えるなんて、思わなかったな……」

悲しい思い出じゃない。やさしくて、愛《いと》おしくて、少しだけ切ない痛みを伴った初恋だ。

初恋の人のことを思いながら庭を眺めている間も、しとしとと雨は降り続ける。

美しい夜だった。

空からおりてくるのは無数の銀糸《ぎんし》。ホテルから漏れる明かりを受けてきらめいては、紫陽花の雫《しずく》になって消えてゆく。

ぬばたまの夜、銀色の雨。

梔子《くちなし》の香り、雨の紫陽花、きららかな夜会。

無意識に流衣はこの夜のイメージを心の中の布に写し取り始める。

(黒は重すぎるから、縦糸に銀糸を混ぜた濃藍《こいあい》の布にして……裾《すそ》にはゆるやかな波を描くように紫陽花の刺繍《エンブロイダリー》。全体にスワロフスキーのビジューを雨粒みたいに散らして、梔子の香りは重ねたらようやく鳥の子色になるくらいごく淡い色のシフォンで……)

用途としてはソワレとかエレガントなツーピース、素材とアレンジによってはカーテンもありかも、と同時進行でテキスタイル展開まで浮かぶ。

スプリンセの春姫社長曰《いわ》く、流衣のテキスタイルは絵画的なのだそうだ。壁画で有名なシャヴァンヌ研究の第一人者である絵画修復士の父と、タピスリー作家の義母《はは》という家庭の影響もあるのかもしれない。

春姫社長は「柚月ちゃんの布って綺麗《きれい》なだけじゃなくてストーリーが感じられるところが好きなのよね」と、刺繍《ししゅう》などの手間とコストがかさむデザインを含んでいてもお眼鏡《めがね》にかなえば採用してくれる。おかげで流衣ものびのびとデザインを考えることができるのだ。

心の中で布を織り上げるのにすっかり没頭していたら、ドアを開けるカチャリという金属音が意識に割って入った。

目を向けると、開ける途中で呼び止められたのか十センチほどの隙間からフランス窓のノブにかかった手が見える。男性的なのに綺麗な、大きな手だ。

どくん、と胸が鳴る。

姿の見えないその人が、連れの人物に告げているらしい声が聞こえた。

「少し外の空気を吸いたいだけだよ。すぐに戻る」

(フランス語だ……！)

それも、ぞくりと胸が震えるような甘く穏やかなバリトン。

大きく跳ねた心臓があっという間に駆け足になった。声も出せずに見守っている先でフランス窓がさらに開き、長身の男性が現れる。

「……っ」

息を呑《の》んだけれど、予想通りといえば予想通り。彼の手を、彼の声を忘れたりなんかしない。

ラファエルだ。

明かりの届かないバルコニーの端にいる流衣に気付くことなく、フランス窓を閉めた彼が疲れた様子で吐息をついた。

（ど、どうしよう……）

石像のように固まったまま、流衣は彼を見つめる。

ラファエルはパーティに疲れてひと休みしに来たらしかった。バルコニーの手すりに片手をかけて、さっきの流衣のようにぼんやりと雨の庭を眺めている。

招待客としてはここで挨拶《あいさつ》をしておいた方がいいのかもしれないけれど、主催者側としては気をゆるめた姿は見せたくないかもしれない。声をかけるべきか迷っていると、ふと気配を感じたかのように彼がこっちに顔を向けた。

明るいところから暗いところへ来たせいで見づらいらしく、美しい青い瞳を少しすがめる。

「ああ……失礼、先客がいるとは思わなくて」

自分以外の存在を確信したらしい彼はすぐに姿勢を正し、礼儀正しい笑みを浮かべて英語で声をかけてきた。

「い、いえ……っ、こちらこそ、すぐにご挨拶もしなくてすみません」

緊張にドキドキしながら慣れない英語で返すなり、ラファエルの表情が怪訝《けげん》そうなものになった。少し考え込むようなそぶりを見せた彼が、改めて端整な唇を開く。

「きみはどこの社員だったかな」

今度はフランス語だ。戸惑いながらも、フランス語ができる流衣は合わせて返す。

「スプリンセです。柚月と申します」

「日本人？」

「はい」

「フランス語が上手だね。声だけだと日本人とは思えない」

よく言われる褒め言葉に、流衣ははにかんだ笑みと共に答える。

「ありがとうございます。育ててくれた義理の母がフランス人なんです」

「……なるほどね」

納得したように低く呟《つぶや》いたラファエルが、じっと見つめてくる。

「あの……？」

「ああ、失礼。実はかつて事故で一時的に目が見えなくなったことがあって、夜目《よめ》がきかないんだ。じろじろ見てすまない」

「いえ……！」

慌ててかぶりを振る。パーティ会場からの明かりでラファエルの姿はちゃんと見えているけれど、バルコニーの隅にいる流衣の姿は彼にはほとんど闇《やみ》と一体化して見えているのだろう。

再び見えるかどうかもわからなかった七年前からすると夜間見えづらくなったという後遺症だけですんだのなら幸運だったと言える。でも、あんなに美しいサファイア色の瞳が夜に光を摑《つか》まえにくくなるなんてなんだか切ない。

それにしても、いくら夜目がきかないからって彼はこっちを見つめすぎている気がする。そわそわと身じろぎする流衣に気付いたらしいラファエルが、緊張を和《やわ》らげるように穏やかな声をかけてきた。

「そういえば今回、きみの会社はとても興味深い提案をしてくれていたね。これまでもうちのホテルは消臭効果のあるテキスタイルを使用してきたけれど、竹の炭を利用した布の提案は初めてだったよ。竹の炭で本当に消臭されるのかな?」

仕事の話題だ。少しほっとして流衣は頷《うなず》く。

「本当です。ご説明させていただいてもよろしいですか」

「もちろん」

会社代表で説明するという重責を担《にな》うことになったものの、幸い今回のテキスタイルに流衣は深く関わっている。竹炭《ちくたん》を使ったテキスタイルを提案したのが流衣だからだ。

これまで日本ではラグジュアリー路線のみだったオテル・ド・エリオスが、数年後の東京オリンピックを見据えて新たに値ごろ感のある新ホテルをオープンすることを昨年末に発表した。それに伴い、『和』をテーマとした壁紙およびクッションやシーツ、ガウンやタオルなどのデザインを日本国内で募集したのが三カ月前の話。

コンペに残った数社が今夜のパーティの招待客に含まれているから、ここできちんと説明できるかどうかは重要かもしれない。緊張するものの、誇りをもって提出したテキスタイルを直接プレゼンできる貴重な機会だ。

「炭には強い吸着作用があって、目に見えない小さなたくさんの穴が匂いを吸い取るんですが竹炭は木炭よりも穴が小さいのでフィルター効果が大きいんです。しかも竹は焼く温度によって穴のサイズが変わるので、吸着する匂い物質も変わってきます」

「たとえば？」

「低温で焼くとアンモニア、高温で焼くと建材に含まれるホルムアルデヒドやトルエン、そのほか煙草《たばこ》などの日常生活で生じるほぼすべての悪臭成分を吸着します。ちなみに我が社では低温と高温の竹炭をパウダー状にして混ぜて使っています」

「幅広くカバーしている、ということだね。竹は成長が早いと聞くけれど環境への影響はどうなのかな」

フランスに本社があるだけあって、エリオスは環境保全にも熱心に取り組んでいる。そこもちゃんと配慮済みだ。

「おっしゃる通りに竹は非常に成長が早く、また繁殖力が旺盛です。近年、竹は一部で非木材繊維として注目され始めましたが、実は日本国内では資源として使われないままで増える一方の竹林が問題になっている場所がたくさんあるんです。我が社ではそういう竹林の手入れも兼ねて資材の確保を行っています」

流衣がちゃんと説明できたからか、ラファエルは他にもあれこれと聞いてきた。

ラファエルの低い声は穏やかであまり大きくない。流衣の声もよく「やわらかい」と言われる繊細さだ。囁《ささや》くような互いのフランス語が雨音に紛れないようにしているうちに、吸い寄せられるみたいに二人の距離が近くなっていた。

途中で近付きすぎたことに気付いて動揺したものの、なんとか最後まで説明を終える。

「他にお聞きになりたいことはありますか？」

少し早口になっているのを自覚しつつ締めくくると、感心したように彼が答えた。

「いや、ありがとう。とてもわかりやすかったよ」

「お役に立てたならなによりです」

ほっとして頬がゆるんだ。ラファエルがまた見つめてくる。

サファイア色の瞳には不思議な力があって、見られているだけで鼓動が速くなった。どぎまぎして視線をそらすと、ふ、と彼が笑う。

「そういえば、もうひとつ聞きたいことがあったよ」

「何でしょう……？」

「さっきも目が合ったよね？　パーティ会場で」

「は、はい」

「やっぱり」

にっこりされて、息が止まった。七年経っても変わらないどころかあのころ以上の影響力だ。当時は包帯のせいで彼の顔をちゃんと見られなかったからこそ、ここまで心身に衝撃を受けなくてすんだのに違いない。

そう思う一方で、初めて見ているはずなのにラファエルの顔立ちは流衣にとってなぜかひどく懐かしかった。ぼんやりとイメージしていた彼そのものという感じで、ドキドキするのに違和感がまったくないのだ。

ラファエルが一歩、ゆったりと踏み出してきた。すぐ目の前に優雅な長身が迫る。呆然《ぼうぜん》と見上げると、わずかな明かりを反射して青く燃え立つような美しい瞳と視線が絡んだ。目をそらせなくなる。

視線を合わせたまま、ラファエルが低く囁いた。

「きみに、触ってみてもいい？」

「え……、さ、触るって……？」

「こんな風に」

大きく目を見開いている流衣の頬にそっと指先が触れる。ラファエルが纏っているエレガントなトワレの香りが届いて、はっとした。男性的に爽《さわ》やか、それでいてオレンジリキュールのコアントローを思わせるほんのり甘い香り。記憶が深くまで刺激されて、一瞬で七年前にタイムスリップしたようにくらりとする。

懐かしい、大好きな人。

どうして触られているのかわからないのに、頭がちゃんとはたらかなくて抵抗できなかった。

ラファエルは壊れものを大切になぞるみたいに、もしくは今にも飛び立ちそうな小鳥をなだめるみたいに、ゆっくりと長い指先を流衣の頬のラインにすべらせてゆく。軽く触れられているだけなのに、そこから微弱な電流が流れ込むように淡い痺《しび》れが広がった。

小さなあごまで指先を到達させたラファエルが、今度は手のひら全体で触れてくる。温かくてやさしい手のひらは気持ちよくて、ふっと小さな吐息が漏れた。それで呼吸ができるようになって、身動きできないほどの動揺が徐々に収まってくる。

大きな手はただやさしくて、ひたむきだった。

戸惑いながらもされるがままになっていると、逃げる気がないとわかったのかラファエルが両手で流衣に触れてきた。

(ラファエル、目を閉じてる……？)

気付いて、流衣は目を瞬《しばた》く。いつからそうしていたのかはわからないけれど彼は瞳を閉じて、まるで流衣の顔の造作を手の感覚で味わうかのように丁寧に触れてくる。

親指が唇の上をなぞった。

「……っ」

思いがけないほど甘い、ざわっとする感覚に身をすくめると、ラファエルが手を止めて金色がかった長いまつげを上げた。ひどく真剣な、サファイア色の瞳。

「もしかして、きみは……」

「そろそろ戻られませんか、ラファエル」

フランス窓を開けた人物の呼びかけに、びくっと体が跳ねた。明らかにラファエルの仕事仲間だ。

我に返るなり、かあっと頬が熱くなった。

「し、失礼します……！」

大きな手から身を引きはがすようにして逃《のが》れ、小走りでフランス窓に向かう。自分の速い鼓動が大きく響いている耳にラファエルが呼び止める声が聞こえた気がしたけれど、足は止められなかった。

フランス窓のところで明かりを背にして立っていた長身の男性が、ラファエルの影から走り出てきた流衣に目を丸くする。

「おや……すみません。副社長が一人でいると思ったものですから」

明るいブラウンの髪と瞳の持ち主は、ゴージャスなオーラを放つラファエルに比べれば声も含めてソフトな印象。けれども面立ちがよく似ている。おそらくラファエルの弟で、仕事上の右腕と目《もく》されているガブリエル氏だ。

熱い顔をうつむけたまま、彼の横をすりぬけざまに会釈《えしゃく》する。

「いえ、失礼します」

とっさに何を言ったらいいかわからずにさっきと同じことを呟いて、パーティ会場の人々の間に逃げ込んだ。こういうときは目立つ身長じゃなくてよかったと思う。簡単に人波に紛れることができる。

できるだけ離れてから息を整えつつちらりと振り返ってみたら、ラファエルが落ち着いた足取りでバルコニーから戻ってくるところだった。人を探すようにパーティ会場に視線を巡らせるけれど、流衣に行きつく前にビジネス関係らしい人々に話しかけられて社交用の笑みを浮かべてそちらに目を向ける。

早鐘を打っている胸元を無意識にこぶしで押さえて、深く、安堵の息をついた。

べつに何か悪いことをしたわけじゃないし、流衣の姿を見たことがないラファエルがかつて二人が知り合いだったなんて気付くわけがないと思う。自分でもどうしてこんなに動揺しているのか、よくわからない。

通りかかったホテルスタッフからソフトドリンクのグラスをもらって、落ち着くためにもゆっくりとそれを飲んだ。ライチが芳醇《ほうじゅん》に香る、ほんのり甘い炭酸。見た目にはシャンパンのようで、ただのジュース。

はじける泡を眺めながら、流衣は自分が動揺している理由に思い至る。

（そっか……、僕、後ろめたいんだ）

ラファエルは流衣の姿を知らない。それは当時見えなかったからというだけでなく、流衣が本当のことを伝えなかったからだ。彼の知る流衣は絶対にこんな姿をしていない。実際の流衣がジュースなら、彼の心にいるのはきっと最上級のシャンパンだ。落差を知ればがっかりされる。だからこそ、流衣は初恋の人から逃げたいのだ。

遅すぎる初恋は七年前。

さよならも言えずに手放した恋だった。

◇◇◇

開け放してある窓から入ってくる風は、七月の早朝らしい爽やかさ。そして日本よりからりとしている。

キャンバス地の大きなバッグにスケッチブックと携帯用の水彩絵の具パレット、筆洗い用の蓋《ふた》付きボトル、ハンドタオルだけを入れた流衣は、寝泊まりしている部屋から軽い足取りで階下に向かう。

足音で気付いたらしく、キッチンで朝食の後片付けをしていた義母のオリヴィアが振り返った。

「さっき朝ごはんを食べたばかりなのに、もうお出かけなの、シュー?」

笑みを含んだフランス語の問いかけに、「Oui《うん》」と流衣はナチュラルに答える。見た目によらず完璧な発音のフランス語で。

ちなみに流衣の名前はもちろん「シュー」ではない。フランス人の義母にも呼びやすい「ルイ」という音なのに彼女はいつも『chou《シュー》』と呼ぶ。単語自体は「キャベツ」という意味なのだけれど、キャベツのころんとしたフォルムに加えて音が可愛いせいかフランスではよく子どもに向かって「可愛い子」という使い方をするのだ。

いい加減にもう十九歳なんだけどな、とは思うものの、物心がつくころには「シュー」と呼ばれていたからいまさら違和感もないし、義理の祖父のルイと呼び分けるためもあるのだろう。仕事の関係でフランス人と話す機会の多い父親が「海外でも呼びやすいように」とつけてくれた名前はフランスではメジャーなのだ。

「お昼には帰ってくるの、シュー?」

またもや「キャベツちゃん」という呼びかけ付きで質問されたけれど、今度の発言者は義理の祖母のソフィだ。木製の大きなテーブルを前に赤いチェック柄のナプキンで何かを包みつつ、小首をかしげてこっちを見ている。

「帰ってこないと思う。すぐに時間が経《た》っちゃうから」

「やっぱりねえ。これ、持って行きなさい」

チェックの包みを差し出される。受け取って、はにかみながらも流衣はソフィの頬に軽いキスをした。日本じゃ誰が相手でもこういう真似《まね》はできないけれど、周りがみんなフランス人だと照れながらもできるようになる。

「ありがとう、おばあちゃん。中身は何？」

「ハムとチーズのサンドイッチが一組、グリルした野菜のサンドイッチが一組よ。もし足りなかったら帰っていらっしゃい。……なんて言ってみたところで、シューは絵を描き始めると時間を忘れるから無理かしらねえ」

苦笑混じりの指摘はその通り。

流衣は美大で専攻しているテキスタイルも好きだけれど、同じくらい絵を描くのも好きだ。好きなことをしていると集中しすぎていつも時間を忘れる。

「わたしたちが田舎に引っ越していちばん喜んでいるのはシューかしらねえ」

ふふ、と目を細めるソフィに、流衣もにっこりして頷く。

「そうかも。この辺りって描きたくなるものがいっぱいあるから」

「シューにとっては絵を描いているときに声をかけてくる人がいないのもいいんでしょう？森の近くは全然人が通らないって嬉しそうに言ってたものね。あなたはお母さんに似てとっても恥ずかしがりやだから」

笑みを含んだオリヴィアの指摘には、認める意味も含めて照れ笑い。

ちなみに彼女の言う「お母さん」は流衣の実母のことだ。息子が一歳になる前に亡くなった実母は英語でいうところのタペストリー、フランス語ではタピスリーという絵画的織物の作家で、オリヴィアはその同業者で親友だった。まだよちよち歩きもできない幼子《おさなご》と残された親友の夫を献身的に助けているうちに家族になったオリヴィアは、亡き友を尊重して自分のことはそう呼ばないのだ。

そんなオリヴィアの両親——流衣にとっての義理の祖父母は、これまでパリの中心部に住んでいた。歴史ある建物が多い街並みは絵になるし、外で絵を描いている人も珍しくない。だから流衣もトライしてみたものの、声をかけられたり絵をのぞきこまれたりするのがどうにも落ち着かなくて外で描くのは断念していた。周りに褒められるくらい上手に描けるからといって恥ずかしさがなくなるわけではないのだ。

でも今年、定年を機に義理の祖父母は緑豊かな郊外に引っ越した。モネが晩年に住んでいたジヴェルニーの森が近いこの辺りは本当にのどかないいところで、描きたい場所がいくらでもある。ついでに言えばちょっと大きい道から外れるとめったに人が通らないのも嬉しい。

美大が夏休みに入ってすぐにオリヴィアとここに来た流衣は、連日スケッチブック片手に朝から出かけている。スケッチに夢中になって二日連続で昼食を忘れたから、昨日からソフィがお弁当を作ってくれるようになったのだ。

「それじゃあ行ってきます」

帽子を片手に出かけようとすると、ソフィに呼び止められた。

「ちょっと待ってシュー、あなた、森の近くがお気に入りなの？　聖堂に続く道を左に曲がった先の？」

「うん」

「じゃあ気を付けて。わたしもまだこの辺りに詳しくないからはっきりした場所はわからないんだけど、森の近くにはヴァロア様の別荘があるらしいの」

「ヴァロア様？」

「この辺りのかつての領主で、オテル・ド・エリオスを作った一族よ」

端的な説明だけれどエリオスの名前は流衣も聞いたことがある。きっとお金持ちなんだろうな、と察した。

「お隣さんが言うには、ヴァロア様の一族には他にもたくさんの別荘があるからめったにこちらには来ないらしいの。だから大丈夫だとは思うけど、お庭を柵で囲んでいらっしゃらないそうだからうっかり入らないようにね」

「はーい」

素直に返事をして、今度こそ帽子をかぶって家を出た。柵で囲んでなかったとしても庭だったら見ればわかるだろうし、怪しい場所には近付かなければいい。

ようやく七時半を回ったばかりの夏の朝は涼しくて、散歩しているだけで気持ちがよかった。抜けるような青空は雲ひとつなく晴れ渡っている。道端に自生しているラベンダーやカモミール、ミントは花盛りで、そよ風に木々の梢《こずえ》がさわさわと葉を響かせながら木漏れ日を揺らす。

見るものすべてが美しくて、気持ちが浮き立った。自然とハミングが零れる。誰にもすれ違うことなく歩いているうちにハミングがそのうち歌詞のついた歌になった。

古いミュージカル映画好きのオリヴィアの影響で流衣もミュージカルのスタンダードナンバーをよく知っている。こんな朝にぴったりの伸びやかで晴れ晴れしたメロディ、明るく幸福感に満ちた英語の歌詞が流衣の軽やかな声で風に乗った。

美しい朝、素晴らしい日を讃える歌に、世界がよりいっそうキラキラしてくるような気がする。気分よく歌いながら、昨日スケッチしていた場所よりもさらに先まで道を進む。

白い花がたくさん咲いている大きなオレンジの木の下にたどり着いた。目の前には橋のないせせらぎが流れていて、向かい側が森だ。

ヨーロッパでは「花嫁の花」として結婚式の日に髪に飾られることもあるオレンジの花はとてもいい香りがするし、背の高い木の下にいれば日が高くなっても陰にいられる。ゆっくりスケッチできそうだ。

ご機嫌に歌いながらバッグから荷物をぜんぶ出して、敷物代わりにオレンジの木の下に敷いた。スケッチブックを開いて膝《ひざ》に載せ、パレットを開ける。中にセットされている鉛筆と筆のうち鉛筆を手にして、朝の光にきらめく水の流れを描こうと目を上げた。

直後、流衣は大きな瞳を丸くする。

せせらぎの向こう岸に、ふさふさと毛並みのいいコリーがいつの間にか座っていた。白と茶の組み合わせは確かセーブルと呼ばれるタイプ。くりっとした賢そうな瞳でこっちを見ている。

「おはよう《ボンジュール》」

朗《ほが》らかな気分だった流衣が声をかけると、コリーは長いしっぽをふさりと右から左へと揺らし、「わふっ」とやわらかな声で返した。

「え、すごい、挨拶を返してくれたの？」

「わふん」

そうだよ、とちょっと胸をそらしたように見える。一気に気分が高揚した。

コリーは首元に赤い首輪をしていた。だけどリードには繋《つな》がれていないし、近くに飼い主がいる様子もない。

「ご主人様は？」

聞いてみたら黙って少し首をかしげ、じっとこっちを見つめてきた。「悪いけど、きみに教える気はないんだ」と言われたような気になる。

ちょっと苦笑してしまったけれど、こんなに気分のいい朝に流衣の上機嫌はそう簡単に損《そこ》なわれない。さっきの歌を歌いつつ鉛筆を持ち直した。せっかくハンサムなコリーがいるのだから森を背景にスケッチしよう。

紙の上に鉛筆を走らせて、ざっとアタリをとってゆく。流衣が使っているのは水彩色鉛筆の茶色だ。軽く描けば水を含むとほとんど見えなくなるし、濃く描いても彩色するときに少し溶け出してアウトラインのやわらかな絵になる。

アタリを元にアウトラインを描き出そうとしたら、少し目を離した隙にコリーはいなくなっていた。現れた時と同様、いなくなる時も突然だ。

辺りを見回してみても影も形もなく、流衣は首をかしげつつスケッチブックの新たなページをめくる。コリーがいなくなるとしたら背後の森の方だけれど、音も立てずに気付かれないように去っていくなんて忍者みたいだなあ、なんて感心しながら。

言葉が通じているようなコリーに会えて楽しかったのとスケッチするのに魅力的なロケーションだったこともあって、その日から流衣は毎日オレンジの花咲く木の下に通った。

流衣が歌いながら到着して少しすると、コリーはいつもせせらぎを挟んだ対岸に現れる。コリーはとりわけ頭のいい犬種だと聞いたことがあるけれど、対岸のハンサムなセーブルはびっくりするくらいに絶妙な返事をくれた。

流衣が「いい天気だね」と言えば同意するように「わふっ」。

「明日も晴れるかな」には首をかしげて「くぅん」。

「きみは賢いね」と褒めたら「わふん」と胸をそらされて噴き出してしまった。

毎朝ちょっとした会話を楽しんで、スケッチにかかる。絵を描くのに夢中になっている間にいつもコリーはどこかへ姿を消してしまう。

全然無駄吠《ぼ》えをしないし、丁寧にブラッシングされているらしく毛並みもつややか。しかも、ランチ用のサンドイッチを「食べる?」とかざしてみても「結構です」と言わんばかりに「くふん」と鼻を鳴らしてそっぽを向く。具がローストビーフの日だったのに。

きちんとしつけられた飼い犬なのは明らかなのに、コリーの飼い主の気配はいつも感じられないのが不思議だった。

ともあれ、流衣はすっかりコリーに親しみを覚えていた。コリーの方も日に日に愛想がよくなっている気がする。ふさふさのしっぽが揺れる回数が増えた。

「今朝は風が強いね」

通って四日目、帽子を片手で押さえつつ流衣が声をかけると「くぅん」と心配そうにコリーが空を見上げた。ずっと晴天だったけれど少し雲が出ている。雨が降る前なのかもしれない。

早めに帰った方がいいかな……と思いつつも、せっかく来たから何枚か描こうといつものようにバッグの中身を出そうとすると、ざあっとオレンジの葉が風にさざめいた。

「あ……！」

帽子がオレンジの白い花と一緒に対岸へと飛ばされてゆく。と、ぐっと後ろ足に力をためたコリーが真上にジャンプして見事に帽子をキャッチした。

華麗に着地したコリーが誇らしげに胸をそらす。

「すごい！」

拍手すると、帽子のつばをくわえているせいで返事ができないコリーはしっぽをぱたぱたさせた。

せせらぎに橋はないけれど見た感じくるぶしくらいまでの浅さだし、幅も二メートルもない。しかも夏場だから流衣はサンダルだ。いざとなれば歩いて渡れる。

帽子を受け取るべく、流衣は初めてせせらぎを飛び越えて対岸に渡った。

下草をサンダルが踏みしめたとたん、コリーが帽子を口から落として流衣に向かって吠え始める。これまでにない強さで吠えられているけれど全力よりは加減している感じだし、ちょっと困り顔っぽく見える。

「……こっちに来ちゃ駄目ってこと？」

帽子を拾って確認してみると、「わふっ」と少しやわらかくなった返事。明らかにウイだ。

「そっか」

もしかしてこの森の番犬なのかな、と納得した流衣がきびすを返したところで、遠くから男の人の呼ぶ声がした。

「アレクサンドル！」

ぴっ、とコリーが耳を立てて姿勢を正す。どうやらこの子はアレクサンドルという名前らしい。いや、その前に。

（飼い主さん、近くにいたんだ……！）

近くというには声が遠いし、森の奥にいるのか姿が見えないけれど、それでも声の届く範囲にいるのは間違いない。誰もいないと思い込んでいたのに近くに人がいたことに動揺していると、再び声がした。

「客人がいるみたいだね。連れておいで」

さっきは驚きすぎて気付かなかったけれど、いい声だ。穏やかで低いのに、聞き取りやすいバリトン。しかも、耳の奥が甘くジンとした気がする。そんな感覚を覚えるのは初めてで戸惑うものの、発言内容は聞き捨てならなかった。やさしげな言い方をしているけれど、流衣を連行してこい、ということだ。

「か、帰るね」

そっと呟いて向こう岸に逃げ戻ろうとしたのに、コリー改めアレクサンドルに服の裾《すそ》を噛《か》んで止められた。そのまま軽く引いて森の奥へと促される。

「……行かなきゃ駄目？」

眉を下げて聞いてみたら、裾を噛んだままのアレクサンドルがこっちを見て「ご主人様が呼んでるから」と頷くように少し強く引いた。逃げたところで牧羊犬の才能があるコリーを相手に無駄な抵抗だろう。

しぶしぶついて行くと、数メートルも歩かずに森が切れてぱっと視界が開けた。

そこにあったのは、美しい庭だ。

よく手入れされた芝生《しばふ》、ハーブと混生して自然な雰囲気で咲き乱れる花々、中央には白い四阿《あずまや》がある。四阿の向こうに見える薔薇《ばら》のアーチをくぐってゆるやかなカーブを描く煉瓦《れんが》の道をたどれば屋敷がありそうだけれど、ここは休憩用のコーナーとして設計されたのか植栽で周りから視界を遮断されている。広いけれど隠れ家みたいな雰囲気だ。

四阿には人がいた。さっきの声の主だろう。

優雅なカーブを描くアイアンのベンチに腰かけている男性は、座っているのに背が高いのがわかった。

黒いパンツに包まれた脚はびっくりするくらいに長くて、リネンが混じっているらしい上質な白いニットは広い肩、厚い胸を際立たせている。たくし上げた袖《そで》から見える腕まで格好いい。インターネットに繋ぐことができるタブレットを持っている手は大きくて、きちんと手入れされている爪《つめ》の先まで男性的に綺麗だった。

このまま雑誌に載っていてもおかしくないような端麗さなのに、美しい金色の髪をしたその男性の顔には大きな違和感があった。

白い包帯で目許を幾重《いくえ》にも巻かれているのだ。

（怪我《けが》……とかなのかな）

戸惑いながらもアレクサンドルに引っぱられていると、四阿まで一メートルほどのところで流衣を止まらせたアレクサンドルが主人に指示を完遂《かんすい》したことを知らせるように「わふっ」と鳴いた。

「いい子だ」

ゆったりと、形のいい唇が弧《こ》を描《えが》く。なぜか心臓が大きく跳ねた。

見えていないのだろうに、アレクサンドルの声がした位置から見当をつけたのか彼は正確に流衣の方に顔を向けて穏やかな声を発した。

「おはよう」

「お、おはようございます」

普通に挨拶されたことに驚きつつも反射的に返す。と、くすりと唇が笑みを浮かべた。

「ああ、やっぱりきみの声だ。ここ数日、毎朝英語の歌を歌いながらやって来てアレクサンドルと話しているよね」

「！」

ぶわ、と顔が熱くなる。誰も聞いていないと思っていたからこそ歌いながらオレンジの木の下に来てコリーと話していたのに、聞かれていたなんて恥ずかしすぎる。

真っ赤になっておろおろしている流衣に、少し首をかしげて彼が聞いてきた。

「マナーとしては私から名乗るべきだけれど、先にきみが誰か教えてくれる？」

「は、はい……っ」

正直にフルネームを名乗ろうとして、はたと気付いた。

(もしかして、ここがヴァロア様の庭……!?)

柵で囲われていないけれどここは明らかに私有地だ。アレクサンドルが困った様子で吠えていたのは、これまでは対岸で留《とど》まっていた流衣が『庭』に侵入してきたからに違いない。

薔薇のアーチの向こう側やこの四阿周辺の造りからして、どんなに信じがたくても森はまるごと裕福なヴァロア家の庭だ。——近所に越してきたばかりの祖父母のことをを思うと、侵入者の素性《すじょう》を完全に明かすのはまずいような気がした。

「僕は……ルイ、と言います」

ためらってから、あえて下の名前だけを名乗った。日本ではちょっと珍しいし、顔と合わない気がして照れくさかったけれど、初めて流衣という名前でよかったと思う。フランスだとメジャーな名前のおかげで嘘《うそ》をつかずに素性をぼかすことができる。

彼が淡く苦笑した。

「名字は名乗りたくない？　不法侵入についてきみの家族に苦情を言う気はないけど」

「……っ、す、すみません……！」

やさしい口調なのに下の名前しか名乗らなかった理由を即座に看破《かんぱ》されて、逆に不安になってしまった。血の気が引くような思いで小声で謝る。

「いいよ、見知らぬ相手を警戒するのは当然だからね。私はラファエル」

目許を包帯で巻かれていても優雅で華やかな雰囲気を持つ彼には、大天使の名前がよく似合った。おずおずと流衣は確認してみる。

「……ヴァロア様、ですよね？」

「そうだけど、きみは私の名字を知ってるんだね。ずるいなあ」

「す、すみません！」

「冗談だよ。この森がヴァロア家のものだって知ってるってことは、ルイはこの辺りに住んでいるんだね？」

「……はい」

本当は夏休みの間だけの滞在だけれど、自分の情報を伏せるために小さな声で肯定《こうてい》する。

フランス人の祖父母とは名字が違うし、流衣は祖父母の家で「シュー」と呼ばれている。しかも近所の人たちはそれを日本人名だと思っているのだ。幸いラファエルはこっちの姿を見ることができないし、流衣のフランス語はネイティブレベル。ルイという名前だけで素性を突き止められることはないはず。

安心していいはずなのに、慣れない嘘にものすごく良心の呵責《かしゃく》を覚えて嫌な汗が出た。

急いで言葉を継ぐ。

「あの、風に飛ばされた帽子を追ってうっかり入ってしまったんです。本当にすみませんでした！」

見えないとわかっていながら深く頭を下げれば、彼が少し困ったような笑みを口許に湛《たた》えた。

「そんなに怖がらなくてもいいよ、怒ってるわけじゃないから」

「そうなんですか……？」

「怒ってるように見える？」

かぶりを振った後で、仕草だけでは彼には伝わらないことに気付いた流衣は慌てて「怒っていらっしゃるようには見えないです」と声にした。にこりと唇が笑む。

「ルイは察しのいい子みたいだね。見えない相手に慣れてないと仕草だけですませてしまう人も多くて、私としては困ることもあるんだ。……ルイ、こっちに来てくれる？　もう少しきみと話したい」

おそるおそる近付いていくと、気配でわかるのかラファエルが隣に座ってというようにベンチを軽く叩《たた》いた。

戸惑いながらも彼の隣に浅く腰かけると、ごく淡いトワレの香りがふわりと届いた。男性的で爽やかなのに、オレンジの花を思わせるほんのり甘くエレガントな香り。いい香水はその人の香りと混じって特別に匂い立つらしいけれど、やけに胸をきゅんとさせるような香りに鼓動が速くなる。

どぎまぎする自分に戸惑って、気を紛らわせるように流衣は思い付いたことを口にした。

「あの、不用心なのではないですか？　侵入者をこんなに近くに座らせるなんて……」

「大丈夫だよ。アレクサンドルがいるし、きみは危険じゃない」

初対面なのに確信している口調にきょとんとすると、彼が根拠を明かす。

「うちのアレクサンドルは人の悪意をかぎ分けるのにすごく長《た》けているんだ。もしルイが悪人ならアレクサンドルはきみの姿を見つけた時点ですぐに家の者を呼んでいたし、話もしなかったよ」

「わふん」

そうだよ、というような声に目をやると、主人の信頼の言葉を完璧に理解しているらしいコリーの姿。誇らしげに胸を張って、しっぽを振っている。

「ルイはいつも英語の歌を歌っているよね。これ、読める？」

ラファエルが手許のタブレットを示した。

見えなくても指先の感覚でわかるようにだろう、タブレットには凹凸《おうとつ》のあるシールがいくつか貼られている。画面に表示されているのは英字新聞だ。

「たぶん、読めます」

「読んでみて」

やさしく促されて、流衣は声に出して新聞を読む。緊張しすぎて内容までは頭に入ってこないけれど、単語そのものは学校で習ったものがほとんどだからわりとすんなり読めた。知らない単語でひっかかっても、彼はつづりを途中まで聞くだけで察するから止まらずに何ページも進む。

いくつか記事を読み終えたところでラファエルが満足げに頷いた。

「いい声だね。とても聞きやすくて、落ち着く」

「あ、ありがとうございます……」

自分こそいい声をしている人にそんな褒められ方をされたら、ものすごく面映《おもは》ゆい。じわりと頬が熱くなるのを感じながらお礼を言うと、くすりと彼が笑った。

「ルイの声はとても素直だよね。今、照れててとても可愛かった」

「！」

何て言ったらいいのかわからないでいる流衣に、どことなく悪戯《いたずら》っぽい口調でラファエルが続ける。

「きみがうちの庭に侵入したことは許してあげる。その代わり、毎朝ここに来て私に新聞を読んでくれる？」

「え……、で、でも僕、時々つっかえてしまいますけど……」

「気にならないよ。ただなめらかに読んでもらうだけなら読み上げ機能がついているんだけど、この音声がどうも耳に馴染まなくてね」

苦笑した彼の手が流衣の持っているタブレットに伸びてきて、撫《な》でるように軽く触れてから長い指先で正確に音声読み上げ機能のボタンを示す。確かに使い慣れている感じだ。

指の長い格好いい手に思わず見とれていると、無言を誤解したらしいラファエルがタブレットを引き取った。

「忙しいなら、無理にとは言わない」

どことなく寂《さび》しげな呟きが聞こえた瞬間、考えるよりも早く流衣は彼の手を摑んで引き留めていた。

「ルイ……？」

目許が見えないと表情がわかりにくい。それでも、声の調子や雰囲気でかなり驚かれているのはわかる。ていうか、いきなり手を握られたら誰だってびっくりする。流衣も自分で自分のしたことにびっくりしているのだから。

頰がほてるのを感じながらも、彼の手を離さずに流衣は言った。

「僕でよかったら、毎朝来ます。新聞、読みます」

緊張でちょっとぎこちない言い方になってしまった。けれどもラファエルは嬉しそうに、ゆっくりと唇をほころばせた。

「ありがとう。楽しみにしてる」


その日から、流衣は毎日ラファエルを訪ねるようになった。

朝の決まった時間にオレンジの木の下に来るとアレクサンドルが出迎えてくれる。せせらぎをジャンプして対岸に渡って、森を通って四阿に向かう。

ラファエルはいつも一人で流衣を待っていた。

「見えないとみんなが気遣ってくれるんだけど、何もできない子どものように扱われるのはあまり楽しいことじゃないからね」

苦笑混じりの彼の言葉で、流衣は初めて「見えない人」がどんなに大変かということに思いを馳《は》せる。

人は情報の九割を視覚から得ているという。それだけに目を閉じたままで何かをするのはとても怖いし、難しい。ラファエルはその状態でずっと過ごしているのだ。

目許に包帯をしていることからして彼が見えなくなったのは最近のことなのだろう。そのわりにはアレクサンドルだけを連れて散歩に出たり、タブレットを使いこなしたりと日常的な動作に慣れている感じもする。

疑問を口にすると、ああ、と納得したように彼が答えてくれた。

「交通事故に遭ってからそろそろ半月くらい経つからね」

「事故のせい、なんですか……？」

「うん。自動車の追突事故に巻き込まれて頭を強く打ったんだけど、その衝撃が視神経に影響を与えたらしくて事故直後はようやく光を感じられる光覚弁《こうかくべん》程度しか視力がなくなってしまったんだ。でもドクターが言うには炎症が治まれば視力が回復する確率が高いらしいよ。早期回復のためにも『ストレスの少ない静かな環境で、できることなら視界を完全に遮断して過ごすように』って勧められたから、仕事を休んでここに来たんだ」

ものすごく大変なことを、彼は驚くほど落ち着いた声で話す。

ラファエルに悲壮感や苛立《いらだ》ちが見られないのは不思議だけれど、おかげで流衣も深刻にならずにすんだ。——あえて彼が穏やかに自分を律している紳士だなんて、このときはまだ知らなかったから。

静養のために別荘に来て以来ラファエルは一挙手一投足を気遣われているような状態らしく、息抜きのために杖《つえ》とアレクサンドルだけをお供にして散歩に出るようになった。ヴァロア家の庭は相当広く、煉瓦の道を一周するだけで軽いウォーキングになるから運動不足の解消にもちょうどいいのだとか。

散歩の途中で庭の一角にあるこの隠れ家のようなスペースに寄って、アレクサンドルのリードを外してから四阿でしばらく過ごす。タブレットの音声を利用してニュースを聞いたりぼんやりと考え事にふけったりしていたある日、彼の世界に流衣の歌声が登場した。

「事故に遭った日から私の目にはずっと朝が来なかった。だけどルイの歌声を聞いたときに、ひさしぶりに光や風を感じることができたんだ」

そんな風に言うラファエルは本当に流衣の声を気に入っているらしく、あれこれと頼んではたくさん声を聞きたがる。

隣に座って、流衣は彼の求めに応じて新聞や本を音読し、話し相手になり、時には歌を歌う。人前で歌うのは恥ずかしいのだけれど、ラファエルに「歌ってくれる？　私のカナリア」なんて笑みを含んだ低くて甘い声でねだられたらなんだか断れなくなってしまう。優雅で落ち着いた彼の佇まいは理想的な大人の姿で、憧《あこが》れているからかもしれない。

彼はいつもやさしくて、品のいいユーモアと深い知性を感じさせる話し方をする。流衣をからかうときでさえ、やわらかな真綿でくるまれているような幸福感を感じさせるのだ。

一緒に過ごすのはいつもお昼までだ。

「本当はもっとルイといたいんだけどね」

残念そうにしながらも、ラファエルは携帯に連絡が入ると無視したりせずにアレクサンドルを呼んでリードに繫《つな》ぎ直す。朝の散歩にアレクサンドルしか連れて行かないことをなかなか了承しなかったという執事は昼食に戻らないとものすごく心配するだろうし、下手《へた》したら自由時間を制限されかねない。

「ルイを正式なお客様としてうちに招いてもいいんだけど……」

より長く一緒にいられる案を口にしかけた彼が乗り気じゃないのは、人目を気にせずに過ごせる息抜きの時間にこそ流衣にいてほしいかららしい。流衣としても、二人きりで過ごす美しい朝の庭に勝る場所はないと思っている。

「あなたとアレクサンドル以外に聞かれるような場所だったら、僕はもう歌いませんよ」

「それは困るな」

本気の声で即答されて、ちょっとくすぐったい気持ちになる。

一緒にいる時間が長くなるうちに、流衣はだんだんとラファエルの立場やヴァロア家について知っていった。

現在二十六歳のラファエルはヴァロア家が創業したエリオス・インターナショナルのホテル部門で渉外・企画部長を担っていて、そういった役職はヴァロア一族の親族会議をもって決められている。同族経営ながらも民主主義的な一風変わったシステムゆえに、たとえ一族の者だとしても実績を残さなければずっと平社員のまま、また、人望がない場合も重要なポストには就《つ》けない。

だからこそお互いに業績面でも人間的な品性面でも切磋琢磨《せっさたくま》して、エリオスは癒着《ゆちゃく》することなく次々と優秀なリーダーを輩出してきた。ヴァロア家の代表である当主にふさわしい品格と優秀さがあってこそ、エリオスのトップに立てるのだ。

そんな一族内でラファエルは幼いころから次期当主の筆頭候補と目されていて、本人もそうなるべく惜しみない努力をしてきた。それなのに、現在の彼は不本意に戦線離脱中。

働き盛りのビジネスマンにとって視力がほぼなくなるのがどれほどの痛手となり、焦燥《しょうそう》と恐怖を感じさせることなのか、学生の流衣にだってなんとなくの想像はできる。もっと苛立ったり取り乱したりしてもおかしくないのに、ラファエルは本当にいつも落ち着いていて穏やかだった。

「苦しいときこそ、その人の真価が問われるからね」

そう言って微笑む彼はまさにノーブレス・オブリージを体現している人だと流衣は思う。上に立つ人だからこそ常に自分を律し、その姿が高貴さを漂わせる。

人の顔で最も印象的なパーツは目だ。目を隠せば個人の顔を判別しにくくなるからこそ匿名にするときなどに目許が隠される。

だから目許を包帯で覆われているラファエルの顔をちゃんと知っているといえないのに、気付けば流衣はラファエルに憧れ以上の感情を抱くようになっていた。

自分が当事者になるよりは観察していることの方が好きなせいか、これまで流衣はどうにもならない恋心なんてものを知らずに生きてきた。それなのに彼といるほどに、纏いつく薄《うす》衣《ぎぬ》のように寝ても覚めても身を離れてくれない想いに囚《とら》われるようになってゆく。

寝る直前まで心を占めているだけじゃ飽き足らず、夢の中にまで現れる面影《おもかげ》。

（……そっか、こういうのを恋衣《こいごろも》っていうんだ）

義母のオリヴィアが「わたしがフランス語の方を多く話すせいでシューの日本語が貧しくならないように」と一緒に勉強した日本語の中には、美しいけれど普段は使わないようなものがたくさんあった。その中のひとつがしっくりとはまって、流衣は初めての恋を自覚してしまう。

とはいえ、どうするつもりもなかった。

どうにもならないことはわかっているから。

（僕が女の子だったら、何か違ったかな……）

なんてことをちらりと思うけれど、すぐに内心でかぶりを振る。

ありえないことを考えても無意味だし、叶わない「もしも」は瞳を曇らせるだけだ。「当たり前のことなんてないのだから、手の中にある幸せに気付くようにしなさい」と両親から教えられてきた流衣にとって、大事なのは目の前にある事実、その幸福に気付くことだけ。

不思議な巡り合わせでラファエルと知り合えた。本当なら流衣には縁のない、とても素敵な大人の男の人だ。そんな人の側にいられる、それだけでいい。彼が自分の声を好きだと言ってくれるのだから、たくさん聞かせてあげよう。

そうやって淡い恋心を満足させようとしているのに、ラファエルは片想いの身には嬉しくて困ることを要求してくる。

「ルイ、きみの手を触らせてくれる？」

「な、なぜですか……⁉」

「きみの反応をもっと知りたいから。ルイが話していないとき、どんな表情をしているのか私にはわからない。反応を見ることができないぶん、せめて手で知りたいんだけど……そうされるのは嫌かな？」

「い、嫌じゃないです……けど……」

「よかった」

「けど」をさらりと流して嬉しそうに手を差し出されたら、断れない。大きくて綺麗な手におずおずと片手をあずけたら、やさしく搦《から》め捕るように長い指を指の間に差し込んで握られて、心臓が跳ねた。

「小柄だとは思っていたけど、やっぱり手も可愛いね、おちびさん《ミニヨン》」

手の形を確かめるように丁寧に触られるとやけにくすぐったくて、鼓動がものすごく速くなる。

「あの、僕の手、汗が……っ」

焦って引き抜こうとしたのに、逆に強く握られてしまった。ふふ、と彼が笑う。

「可愛いね、ルイ。触られるのに慣れてない感じがする」

「な、慣れてないですから……」

「そのうち慣れるよ。だから逃げないで、私のカナリア。歌ってくれる？」

ラファエルは時々、やさしいままで強引な気がする。困ってしまうのに好きな人の求めには逆らえなくて、「何がいいですか？」なんて流衣はリクエストを聞いてしまう。

その日から、一緒にいる間はずっとラファエルと手を触れあわせているようになった。緊張するのに、彼の手に触れて声を使わないやり取りができるのは幸せだ。逃げられずにいるうちに、触れる範囲が少しずつ広くなってゆく。手だけじゃなくて、腕や肩、髪や頬へと。

ラファエルに触れられることに慣れてゆく。

同時に流衣も、ラファエルに触れることに慣れてゆく。

彼の目が見えないからこそ「これは仕方ない」と自分に言い訳していたけれど、大きな手で触られるのはドキドキしたし、自分から彼に触るのも嬉しかった。

触れあうだけで、意外なくらいにお互いの気持ちが交換できることを流衣は知る。むしろいつも落ち着いているラファエルに関しては、その態度よりもわずかな手の力の違いの方が彼の感情を伝えてくれるかもしれなかった。

ある日、経済面のニュースを音読していた流衣は自分の手を握っているラファエルの手の力が少し強くなったのを感じた。記事の内容はエリオス・インターナショナルに関するもので、アメリカの大手レジャーランドとホテル部門で提携するかどうか条件の最終調整に入った、という内容だ。

読み終えて、流衣はそっとラファエルの手をもう片方の手で包み込む。と、端整な唇に淡い苦笑が浮かんだ。

「ごめん、痛かった？」

「いいえ。でも、あの……聞いてもいいですか？」

どういう風に水を向ければいいのかわからないなりに打ち明けてほしいと伝えると、少し逡巡《しゅんじゅん》するような間があってから、彼が口を開いた。

「このプロジェクトは、もともとは私が手掛けていたものだったんだ。提携まであと一歩というところで、ここに来ざるをえなかった」

「！」

端的な説明だけれど、実績を重視するエリオスにおいて今回の提携が成功すれば大きなプラスになるのは流衣にもわかる。

記事に出ていた責任者の名前は弟のガブリエルだった。ラファエルの後任として米国企業との折衝《せっしょう》の最前面に立つことになったようだけど、提携が成功すればラファエルは弟の実績のために準備だけしてあげたことになる。かといって失敗すればエリオスにとって大きな痛手だ。

いずれにしろ複雑なのだろうけど、彼にとってなによりも苦痛なのは「今の自分が何の役にも立てない」ということらしかった。

確かなものを求めるように流衣の手を強く握ったラファエルが、うつむいて低く呟く。

「このまま、この両目が光を失うことがあったらと思うと怖くて堪《たま》らなくなる。私はヴァロア家を……ひいてはエリオスを背負うつもりでこれまで生きてきた。そのすべてが、無駄になるんだ」

初めて聞く弱音。

いつも気高く完璧な彼が自分にだけ見せた姿に、ぎゅうっと胸が絞られた。なんとか力づけたくて、流衣は彼の手を両手でしっかりと握りしめる。

「無駄になんてならないです。これまでの生き方が今のあなたを作ったのですから、絶対に無駄じゃないと僕は思います」

彼が無言で、少し顔を上げる。目許が見えないと表情がわかりづらいけれど、握りあっている手のわずかな力の変化で流衣は自分の言葉が彼に届いていることを確信する。

祈るような思いを込めて、流衣は自分が落ち込んだ時に義母からもらって支えになった言葉を口にした。

「神様は、乗り越えられない試練はお与えにならないんだそうです」

「……聖書の一節だね。忘れていたなあ……」

ふ、と彼の口許が和らいで、手からも余分な力が抜ける。握る強さが包み込むようなものになった。

ほっとする流衣の手を口許に運んで、ラファエルがうやうやしく口づけた。

「ルイはきっと、神様が私に遣わせてくださった天使なんだね」

「！」

手に口づけられたことにも、言われた内容にも動揺して、真っ赤になってかぶりを振る。気配でわかったのか、彼が手を握っていない方の手で頬を包み込むようにしてその仕草をやさしく止めた。くすりと笑う。

「いつもよりあったかいね。綺麗に染まっていそうだ。……見たいなあ」

低い声が甘さを含んで聞こえて、どんどん顔が熱くなる。

「……治ったら見られますよ。でも、僕の顔を見たらあなたはきっとがっかりします」

『ルイ』のことをラファエルはフランス人の少年だと思って疑っていない。東洋人ならではの平坦で子どもっぽい顔は想像してないだろう。

周りがフランス人ばかりの中で生活していて、ふと鏡を見たときに自分の顔にちょっとびっくりしてしまうことがある流衣としてはそんな予防線を張ってしまう。

けれどもラファエルは流衣の顔を手で確かめるようにゆっくりと指先を這《は》わせて、自信に満ちた口調で否定した。

「絶対にそんなことはないと思うよ。いつも思うけど、ルイは赤ちゃんみたいな肌をしているよね。繊細で、なめらかで、すごく触り心地がいい」

する、と大きな手が頬からすべって髪の中に長い指を差し込まれた。それだけでぞくりとする自分に戸惑う流衣に、ラファエルが撫でながら聞いてくる。

「髪もさらさらで手触りがいいよね。何色だろう」

「……何色だと思いますか」

ずるいとわかっていながらも、問い返すことで回答を避ける。艶《つや》のある黒髪に指を絡めたラファエルが少し首をかしげた。

「うーん、とても素直な髪みたいだし……ルイが天使ならプラチナブロンドかな」

ほぼ真逆。あまりのハードルの高さに本当の色を告白する勇気がなくなってしまった。

瞳を伏せて、小さく呟く。

「……緑です」

一応、嘘ではない。日本語には「緑の黒髪」という表現があるし、流衣の髪は長くはないけれど黒いのは確実だ。

ラファエルが小さく噴き出した。

「本当？　じゃあ目の色は？」

どうしよう、と焦る。とっさに浮かんだ色を、さっきよりもっと小さな声で答えた。

「赤です」

寝不足の時や泣いた時は「目が赤くなる」し、と自分に言い訳しつつの無茶な答えだったのに、呆《あき》れることなくラファエルは楽しげに笑った。

「シャガールの絵に出てきてもいいくらい印象的で素敵だね。きみのことをすぐに見つけられる」

とくん、と胸が鳴る。とっさに彼の目が見えないのをいいことにふざけていると受け取られても仕方ないような返事をしてしまったのに、ラファエルは不機嫌になるどころか笑ってくれるのだ。こんなに素敵な人にちゃんと答えないなんて、やっぱりいけない。

「あの、本当は……っ」

がっかりされるのを覚悟のうえで本当の髪と目の色を言おうとすると、止めるようにやさしい手で口許を覆われた。びっくりして目を瞬く流衣に、ラファエルは笑みを含んだ声で囁く。

「楽しみは取っておくことにするよ。早く治して、きみがどんな姿をしているかこの目で見たいなあ」

「……期待しすぎないでくださいね」

彼の手を両手で離して、じわりと頬を熱くしながら忠告する。ラファエルは無言で、端整な唇を笑みに和らげた。

穏やかで幸せな日々は飛ぶように過ぎてゆき、いつの間にか一ヵ月以上。もう八月も末だ。ある朝、いつも落ち着いているラファエルの様子がどことなくおかしかった。

「何かあったんですか……？」

触れあっている大きな手をなだめるように指を絡ませて聞いてみると、彼が少し困ったように首をかしげた。口許だけだとわかりにくいけれど、これはたぶん苦笑。

「情けないね、自分を御《ぎょ》しきれていないなんて。……実は明日、病院なんだ。精密検査の結果次第で私が再び光を取り戻せるかどうかがわかるらしい」

保留の状態もつらいものだけれど、いいとは限らない結果を知るのも怖いものだ。かすかな希望の光を絶たれる可能性もあるのだから。

成果主義のヴァロア家の人間で、有能なビジネスマンであるラファエルの瞳にもしものことがあれば、どれほどのショックを受けるか想像に余りある。

ぎゅっと彼の手を握って、流衣はこのところずっと考えていたことを告げた。

「もしものときには、僕の目をひとつ差し上げます」

表情は見えなくても、ラファエルが驚いたのがわかった。それから唇がゆっくりと笑みに和らいで、流衣の手をもう片方の手で包み込む。

「ありがとう。でも、ルイは絵を描くのが好きなんだろう？　片目だと遠近感がつかめなくなるから気持ちだけもらっておくよ」

「でも……」

「それに角膜じゃなくて視神経の問題らしいからね」

詳しく説明されなかったものの、口ぶりから自分の目をあげても彼の視力回復には意味がないらしいことはわかった。がっかりして顔を伏せてしまう。

しょんぼりしているのが空気でわかったのか、ラファエルに頬を包み込むようにして顔を上げさせられた。

「そんなに気にしてくれるのなら、天使からの幸運のキスをくれる？　ちゃんと私に視力が戻るように」

楽しげな笑みを含んだ声で言われた内容に驚くものの、すぐ目の前にある形のいい唇に気付くと急激に鼓動が速くなった。重ねてみたい、という抗《あらが》い難《がた》いほどの強い欲求が胸の内に湧《わ》き起こる。

「……わかりました」

こくりと唾《つば》を飲んで、おずおずと顔を寄せる。ドキドキしながら瞳を閉じて、笑みを湛えている唇に思い切って自分の唇を付けた。飛び跳ねる心臓のせいで体が震えるようで、ゆっくり重ねていられずにすぐに離す。

目を開けると、ラファエルが驚いているらしい声で呟いた。

「……唇にしてくれるとは思わなかった」

「！」

ぶわーっと顔に血が上る。頰でよかったのだ。というか、ラファエルは頰にキスを受けるつもりだったのだ。

それもそうだ、声だけでも『ルイ』が男の子だということを彼はわかっているのだから。

「ご、ごめんなさ……っ」

真っ赤になって逃げ出そうとしたのに、それより早く体に長い腕が回って抱きすくめられた。身動きもできずに流衣は大きく瞬《まばた》きする。見上げると、ラファエルの口許には思いがけないくらいに嬉しそうな笑み。

「もう一回、もらってもいい？」

「え……」

目を見開いている間に頰を包むようにしてしっかりと顔を固定され、やわらかく唇を塞《ふさ》がれた。

自分の身に起こっていることが信じられずに固まっていると、キスが少しずれて下唇を彼の唇でそっと挟まれる。ちゅ、と軽く吸われて起こった甘い痺れに思わず目を閉じてしまうと、今度は角度を変えてしっかりと重なった。やわらかな薄い皮膚は、重なっているのが当然のようにしっとりと馴染む。

（キス、されてる……ラファエルに……！）

実感したとたん、胸が壊れそうなくらいに鼓動が轟《とどろ》いた。くらくらして何も考えられない。いつの間にか後頭部に回っていた手で引き寄せられて、重なり方が深くなった。少し唇が開くと、する、と艶《なま》めかしいものが唇の隙間を撫でる。ぞくぞくする慣れない感覚に体を強《こわ》張《ば》らせた直後、ラファエルがゆっくりと唇を離した。

「……いけないね、いくら甘くても天使からのキスを欲ばりすぎたら」

何て答えたらいいのかわからない。声も出せずにいる流衣を腕から解放して、ラファエルはくしゃりと黒髪を撫でた。

「ありがとう、ルイ。きっと素晴らしい加護をもらえたよ」

髪から頬、首筋、肩へと手のひらでたどっていった彼が、流衣の手を探すそぶりを見せた。おずおずと触れると、強く握られて心臓ごと摑まれてしまったように胸がぎゅっとなる。

端整な口許に流衣の手を運んだ彼が、ひどく真剣な声で言った。

「私の目が光を取り戻せたらルイに言いたいことがあるから、必ずまたここに来てくれるね？」

「は、はい……」

どぎまぎしながらも答えると、小さく笑ったラファエルに手の甲に唇を押し当てられた。

ラファエルが病院に行った翌日、検査結果はどうだっただろうかと不安と期待で乱れる胸を高鳴らせながら流衣はオレンジの木の下に行った。

それなのに、アレクサンドルの迎えはなかった。疑問に思いながらもその日は彼を待ちながらスケッチをして過ごし、会えなかったことにがっかりしながらも気を取り直して翌朝出直した。

なのに、対岸の森にはまた誰も現れなかった。

翌日も、さらにその翌日も。

(何かあったのかな……)

だんだん大きくなってゆく不安をどうすることもできないままに日々は過ぎ、一週間が経過した。夏休みを利用してフランスに来ていた流衣は明後日《あさって》には帰国しなくてはいけない。

(携帯番号とか交換しといたらよかった……!)

なんて思っても後の祭りだ。四阿《あずまや》に行けばいつもラファエルが待っていてくれた。必要がなかったせいでお互いの連絡先を交換することなく今日まできてしまったのだ。

このままだとラファエルと会えないまま、彼の目がどうなったかを知ることができないまま日本に帰ることになる。それは嫌だ。

思い切って直接ヴァロア家に訪ねて行ってみよう、と流衣は決意した。

森の方からだと不法侵入になってしまうから、ちゃんと正面玄関へと回る。庭を散歩するだけで軽いウォーキングになると言っていただけあって、どこまでも続く森に沿ってかなりの距離を歩いてようやく正門にたどり着いた。

「……なに、これ……」

きっちり閉じられた錬鉄製の優雅な門扉は見上げるほどの大きさ。噴水を挟んで遠くに屋敷が見えるけれど、とてもじゃないけど「別荘」という単語からイメージするようなこざっぱりと可愛いものじゃない。もはやお城《シャトー》だ。

圧倒されてしばらく呆然と眺めていたものの、勇気を振り絞って流衣は門扉の脇《わき》にあるインターフォンを押した。

答えてくれた声はいかにも年配の執事らしい、丁寧な口調の男性のものだった。

緊張に震える声で懸命にラファエルについて聞いたのに、流衣は何も情報を得ることができなかった。――名門ヴァロア家の時期当主と目されながら、事故後に表舞台から姿をくらませたラファエルについてかぎ回っているパパラッチだと思われたのだ。

慇懃《いんぎん》ながらも断固とした口調で突き放されて、流衣は悟った。

(ラファエルと僕は、住む世界が違うんだ……)

彼がエリオス・インターナショナルという大企業を支配している一族だということは知っていたし、些細《ささい》な仕草からも感じられる優雅さに別世界の人だということはわかっていたつもりだった。だけど、隠れ家のような庭の親密さに惑わされて本当の意味ではわかっていなかったのだ。

高貴な佇まいだけじゃなく、生きる場所も王子様のようなラファエル。事故に遭って別荘で静養することにならなかったら、流衣とは人生がクロスすること自体がなかったくらいに別世界の人だった。

とぼとぼと祖父母の家に帰った流衣は、初恋を諦《あきら》めるしかない現実を静かに受け入れた。

もともと叶うはずもないと思っていた恋だった。彼は同性だし、世界的企業で働く有能なビジネスマンで、その創業者一族。このまま帰国して彼との繋がりがなくなるのが嫌だったけれど、放っておいてもすぐに途切れただろう。むしろ冷静に考えたらここで途切れさせる方がいいのかもしれない。

(ラファエルは僕のことを『天使』みたいに綺麗だと思っているみたいだから……本当の姿を見せたら、がっかりさせてしまうよね……)

だったら綺麗なイメージのままで離れた方がお互いにきっと幸せだ。流衣は彼に失望されなくてすむし、ラファエルも四阿にいたルイの思い出を壊されない。彼のイメージしている天使のようなフランス人のルイの美貌と、東洋的な自分の見た目はかけ離れすぎているから。

それでも帰国当日の早朝、自分でも矛盾していると思いながらも流衣はオレンジの木の下に行ってしまった。最後にひと目でいいから会いたくて。

だけど、アレクサンドルもラファエルも姿を現さなかった。

「そんなに都合よくはいかないか……」

朝の光の中にラファエルが現れて、イメージと違う流衣の姿に驚きつつも友人として受け入れてくれないだろうか……なんて夢想していた自分に苦笑する。

吐息をついて、流衣は細く折った紙を頭上のオレンジの木の枝に結わえた。

ヴァロア家の森からはせせらぎを挟んでいるし、誰にも気付かれないまま雨や風で駄目になる可能性の方が高いのはわかっている。でも帰国する自分にはラファエルとまた会う約束は守れない。自己満足にすぎないけれど、黙って去る心苦しさを和らげるために手紙を書いてきたのだ。

オレンジの木の下から見た、せせらぎと森をやわらかな輪郭と透明感のある色で描いた水彩画。その上に心を込めてフランス語を綴《つづ》った。

「ラファエルへ
僕は元の場所に帰らなくてはなりません。どうかあなたの瞳に光が戻っていますように。あなたがずっと幸せでありますように。　ルイ」

連絡先はあえて書かなかった。

誰にも言わずに、ひっそりと諦めた恋だった。

◇◇◇

（諦めたつもりだったんだけどな……）

きらめく金髪をした長身の美形から隠れるようにバンケットホールの人波を泳ぎながらも、流衣はひときわ目立つその姿を遠くから視界に収める。

七年前、叶わないとわかっているからこそ初恋を諦めた。それなのにずっとラファエルのことを忘れられなかった。

なまじ彼がエリオス・インターナショナルで重要な仕事を任されるほど有能だったのがいけなかったかもしれない。ネットを使えば彼の現状が大まかながらもわかってしまう。ラファエルの視力が回復したことも、仕事で次々に成果を上げていることもネットニュースを通じて流衣は知った。

そして数カ月前、オテル・ド・エリオスが日本で新しいホテルを作るにあたって「和」をテーマにコンペを行う情報を得たのだ。

コンペに残れたら、もしかしたらラファエルの姿を遠くからでも見られるかもしれない。

そう思った流衣は、ずっと温めてきたアイデアを惜しみなく注ぎ込んだテキスタイルを社内コンペに提出した。壁紙、シーツ、クッション、タオル、ガウンなど、それぞれに合う素材で、消臭や速乾性などの機能はもちろんのこと柄デザインにもこだわった。

水墨画風の花や鳥の手描きのイラストを織り込んで、シックでありながら豊かな季節と世界的に認められるようになった日本的「カワイイ」を共存させるようにしたのだ。テーマが「和」ということから渋いデザインを出すところが多いだろうからこその、あえての外《はず》し。

品のよさや渋さと両立させるのに苦心したものの、デザインに優れている琳派《りんぱ》の流れを汲《く》む日本画家の鈴木其一《すずききいつ》や神坂雪佳《かみさかせっか》の作品を参考にしながら試行錯誤して、納得のいく柄が出来あがった。

無事に社内コンペで選ばれ、流衣のアイデアを元にさらにみんなで練り上げたものがエリオスでも最終候補まで残ることができた。だからこそこのパーティ会場にいる。

諦めたつもりで、諦めきれていない。

エリオスの新ホテルのためのテキスタイルを自分でも呆れるくらい一生懸命にデザインしているうちに、気付いてしまった。

とはいえ諦めきれていない初恋が叶うなんて全然思ってもいないし、遠くからラファエルを見る以上のことを望んでいたわけでもない。

（……ラファエル、どうして僕の顔なんか触ったんだろう）

まだ頬や唇に残っているようなやさしい手の感触にじわりと顔を熱くしながらも、流衣は内心で首をかしげる。

口説く、というような手つきではなかった。そもそもラファエルみたいに華やかな人が自分なんかを口説くと想像すること自体がおこがましい。

あの丁寧な触り方は、例えるなら……。

（お父さんの友達の彫刻家の人が、素材を吟味するときの手つきに似ていたような……？）

なんて思い付いたところで、ぽんと肩をたたかれた。

「柚月、こんなとこにいたのか。俺はもう帰るけど柚月はどうする？」

同期でも仲のいい椎名とは会社帰りにこのホテルまで一緒にタクシーで来たから、帰りも声をかけてくれたのだろう。帰るタイミングを合わせるか、少しだけ迷う。

二度と会えないと思っていたラファエルとせっかく同じ場所にいるだけに、帰るのは気が進まない。でもパーティに慣れないせいで落ち着かないのも事実だ。椎名が帰ってしまったらもっと所在ない気分になるだろう。

（それに、このままいるとラファエルの近くに行きたくなるかもしれないし……）

かつてのルイだと気付かれないためにも彼から逃げたいのに、まるで光に吸い寄せられる夜の虫さながらに近くに行きたい誘惑にかられる。これは危険だ。

迷いやためらいを振り切るように声に出すことで心を決めた。

「僕も帰るよ」

持っていたグラスを返して、パーティ会場でもかなり目立っているテントウムシの国の姫君の元に向かう。春姫社長に先に辞去する挨拶をしていると、ふいに強い視線を感じた。

何気なくそっちを見た流衣は、サファイア色の瞳が真っ直《す》ぐに自分に向けられていることに気付いて大きく心臓を跳ねさせる。とっさに顔をそむけた。

（な、なんでラファエルがこっちを見てるんだろう……）

ドキドキしながらちらりと視界の端で様子をうかがう。と、彼の瞳はもうこっちを向いていなかった。髪をきっちり七三分けにしたホテルスタッフに何か話しかけている。見られていると思ったのは気のせいだったらしい。

ほっとしたのに残念な気にもなって、そんな自分にちょっと苦笑する。

椎名と一緒にバンケットホールの出入口に向かっていると、ローズウッドの大きな扉を目前にしてワイングラスの並ぶトレイを手にしたスタッフに呼び止められた。

「お飲み物のお代わりはいかがですか」

明らかに帰ろうとしている客に向かってそんなことを言うなんて、一流のホスピタリティで知られるホテルのスタッフらしくない。四十代半ばくらいの見た目は落ち着いたベテラン風なのに、もしかして新人さんだろうか……と思った流衣は、スタッフのきっちりした髪型からさっきラファエルに呼び止められていた人だと気付く。

何か注意をされていたのかもしれないな、と思いながら、少し困った笑みを浮かべて断った。

「いえ、結構です。もう帰るところですので……」

「申し訳ございません！」

勢いがよすぎるくらいの謝罪に目を丸くしたときには、七三分けの彼が持っていたグラスの中身が流衣の肩から胸、脚に至るまでかかっていた。鮮やかなボルドーカラーでグレージュのスーツと白いシャツが染まり、ぽたぽたと裾から雫が滴《したた》る。

「本当に申し訳ございません！　つまずいてしまいまして」

唖然《あぜん》としているところにすかさず大判のナプキンを差し出される。半ば無意識に受け取るとさりげない身のこなしでバンケットホールの外に誘導された。一瞬のうちに起きた不祥事に困惑している様子の椎名もついてくる。

「大丈夫か、柚月……」

「うん、びっくりしただけ」

苦笑して振り返った流衣は、同僚の背後、閉まりつつあるドアの向こうでさっきの痕跡《こんせき》が数人のスタッフによってサーッと後始末されてゆくのを目にする。さすがの対処スピード、近くで見ていた人以外は何が起きたか気付きもしなかったに違いない。

七三氏は流衣たちを別室に案内した後、ワイン色に染まったナプキンを引き取って「上の者に報告して参ります」と丁寧に頭を下げて部屋を出て行った。

付き添ってくれている椎名がちらりと腕時計を確認したのに気付いて、彼が帰ろうとしていたことを思い出した流衣は自分から切り出す。

「椎名、僕は大丈夫だから先に帰っていいよ」

「いや、こんな状態で柚月を置いてくとか……」

「そんな大したことじゃないよ。スタッフさんはちゃんとお詫《わ》びしてくれたし、クリーニングとかもしてくれるって言ってたし。ていうか、椎名の帰りを待ってる人がいたりするんじゃないの？　うちの売れ筋の匿名デザイナーさんとか」

言ってみたら大当たりだった。わかりやすく動揺した同僚のために流衣は笑ってドアを開ける。

「帰ってあげなよ。恋人より優先してもらっても僕は椎名の気持ちに応えてあげられないから」

パーティ会場での彼のセリフを拝借《はいしゃく》して帰宅を勧めると、椎名が噴き出した。

「そりゃ残念。……本当に大丈夫か」

「うん。心配してくれてありがとう」

面倒見のいい彼をこれ以上引き止めないように、にっこりして請け合う。

想像もしていなかった事故に巻き込まれたものの、こんな一流ホテルでこれ以上のトラブルは起きないはずだ。

「なんか、現実じゃないみたい……」

洗い髪をふわふわなめらかな手触りのタオルで拭《ふ》きながら、宝石箱をひっくり返したような夜景を一面に見渡せる大きな窓に向かって流衣は呆然と呟く。

同僚を見送った後、流衣は戻ってきた七三氏からオテル・ド・エリオスからの思いがけない「お詫びのご提案」を受けた。このホテルで最も贅沢《ぜいたく》なスイートルームに無料で宿泊して、夜の間にスーツをクリーニングしてもらうというものだ。

事情が事情だからクリーニングはともかくとしても、一晩で流衣のボーナスが軽く飛ぶ部屋に無料宿泊なんて恐れ多い。

遠慮しようとしたのに、七三氏に丁寧かつ絶妙にのらりくらりとした対応をされているうちにいつの間にか押し負けていた。あの侮れなさ、やっぱり見た目のままのベテランとしか思えない。

急なお泊まりのせいで着替えは何もないから、着ていた一式をクリーニングに出されたお風呂上がりの流衣が身に着けているのは備え付けのバスローブのみだ。ちなみに表地はつややかなアイボリーのシルクサテン、裏地は吸水性と肌触りのいいテリー生地。薄手で着心地抜群《ばつぐん》。

（さすがはエリオスのプレジデンシャル・スイート……）

感嘆のため息が零れる。目に見えるもの、手に触れるもののすべてがこのうえなく上質で豪華。

こんな極上のスイートルームを無料で利用できるなんて、スーツにワインをかけられたことを差し引いても願ってもない幸運だ。実家暮らしの流衣が家族に心配をかけないように「今夜は帰れません」と理由込みでメールを送っておいたところ、義母からは「エリオスのスイートにタダで泊まれるなんて羨《うらや》ましすぎるわ～！」という返事がきた。

そう、それが普通の反応だ。

それなのに流衣は、なんだかすごく落ち着かない気分でいる。

流衣にワインをかけた七三氏は、転ぶようにしてグラスの中身をぶちまけるより前に謝っていた気がする。即座に差し出されたナプキンも、周りのスタッフが一瞬にして床に零れたワインの後片付けをしたのも、まるで事前にわかっていたような素早さだった。一流ホテルならではの対応かもしれないと思う一方で、どうにも違和感が拭《ぬぐ》えないのだ。

とはいえ客のスーツにわざわざワインをかけて、無料でスイートルームを提供したがるなんていう酔狂《すいきょう》な真似をされるはずがないのもわかっている。

（気にしすぎ……なんだろうな）

もやもやした感じは残っているものの、こうなったからにはいつもの自分には縁《えん》のないこの世界を楽しんで満喫しようと流衣は心に決める。

マイナスイオン効果があるというドライヤーで髪を乾かしていると、来客を知らせるチャイムが鳴った。部屋が広すぎるせいかノックじゃなくてインターフォンで呼ばれるシステムになっているのだ。

部屋まで案内してくれた七三氏から「パーティ終了後、改めてお詫びにうかがわせていただきます」と言われていたことを思い出してドライヤーを止める。その場で遠慮したのだけれど一流ホテルとしてありえない失態だっただけに正式な謝罪をしないわけにはいかないのだろう。

下着なしのローブ姿で人前に出るのは落ち着かない。かといって放っておくわけにもいかずに仕方なく流衣はエントランスホールに向かう。

「はい……?」

おずおずとドアを開けた流衣は、そこに立つエレガントな長身の人物に気付いて固まった。

(ラファエル……⁉)

「さっきの失礼をお詫びしたい。入ってもいいだろうか」

穏やかな甘いバリトンはフランス語。

じっと見つめながら問われて、心臓が落ち着きなく跳ね回った。とっさに瞳をそらしてしまったものの、頭の端っこに残っていた理性の声のおかげでなんとか自分を取り戻す。

ラファエルはエリオスのホテル部門のトップだからこそ代表として謝罪に現れただけだ。

七年前の「ルイ」の顔を知らない彼に自分が同一人物だと気付かれるわけがないのだから、動揺している方がおかしい。英語ではなく最初からフランス語を使っているのは、バルコニーで流衣に会ったのを覚えているせいだろう。

「……どうぞ、お入りください」

無意識に止めていた息を吐いて、なんとか平静を装ってドアを大きく開ける。

思いがけずにまた話せることになったけれど、おかしな対応をしないためにも冷静にならないと。ラファエルはエリオスの副社長——これからスプリンセと取引をするかもしれない企業の最重要といっていい人物だ。自分は社会人として、勤め先に好感を持ってもらえるような丁重な応対をするべきなのだ。

緊張しつつも先に立ってドアを開き、格調高くしつらえられたリビングへと案内する。背後からじっと見られているような気がするけれど、それはきっと自分が意識しすぎているせい。

「お飲み物をご用意しますね。何がよろしいですか」

コーヒーやお茶まで淹《い》れられるミニバーに向かいつつ聞いてみると、穏やかな声でやさしく断られた。

「いや、失礼を詫びに来たのだからそんなに気を遣ってくれなくていい」

「でも……」

「そんなことより、謝らせてほしい」

振り返らないわけにはいかなくなって、無意識に瞳を伏せて彼と向き合う。つややかに磨き上げられた黒い革靴までの距離が思ったよりも近くて、心臓が跳ね上がった。

（お、落ち着かないと……！）

挙動不審になりそうな自分を叱咤《しった》していると、うつむいている視界にしっかりした造りの紙袋が差し出された。ロゴからしてスプリンセのものだ。彼がそんなものを持っていたことにも気付いていなかった流衣は目を瞬く。

「さっきは本当にすまなかったね。クリーニング業者に確認したところワインの染みは綺麗に落とせるらしいが、きみは明日も仕事だろう？　一旦帰宅して着替えるのは大変だろうから、せめてもの償《つぐな》いに着替えを用意させてもらった。怒っていないなら受け取ってほしい」

怒っていないなら、なんて言われたら受け取らざるをえない。それに実際、ここから直接出社できれば時間のロスがなくなるから気遣いはありがたかったりする。

「ありがとうございます……」

遠慮がちに両手で受け取ると、明らかに彼の声が安堵した。

「よかった、もしきみがすごく怒っていたらどうしようかと心配していたんだ」

「そんな……、こんなに素敵なお部屋に泊めていただけるだけで十分ですのに」

顔を上げてかぶりを振ると、ラファエルがにっこりした。

「やっと顔を上げてくれたね」

「あ、す、すみません……！」

動揺していたとはいえ、ずっと相手の視線を避けていた失礼を自覚して頬が熱くなった。

頭を下げようとした流衣をやさしい手で彼が止める。

「謝るべきは私の方だ。普段なら決してこんな無計画な真似はしないんだが、どうしてもきみを逃がすわけにはいかなくて無茶をしてしまったよ…………ルイ」

「……！」

大きく目を見開いて、思わず息を呑む。その反応で確信したらしいラファエルが口調を強くした。

「やっぱりきみが私のルイなんだね」

「ち、違いま……」

「きみの下の名前は？」

「……流衣、ですけど……でも、あなたのルイは僕じゃなくて……っ」

「いや、きみだろう」

反射的に嘘で逃げようとしたのに低く遮られて、ごまかしの言葉が出てこなくなった。おろおろと瞳を伏せる流衣に、確認ではなく断言する口調でラファエルが言う。

「きみが、私のルイだよね」

どうしよう、と胸の中でその言葉ばかりが回る。だけど、どうしようもないのは流衣がいちばんよくわかっている。再会の約束を反故《ほご》にして黙って行方知れずになったばかりか、ラファエルのイメージする天使のような「ルイ」とは似ても似つかないこの姿。

責められるのを覚悟のうえで、ぎゅっと目を閉じて頷いた。

「……はい」

過去について何を言われても仕方ないと思って認めたのに、「やっぱり」とほっとしたような低い呟きが聞こえた直後、体に何かが巻き付いて壁にぶつかった。

ぱしぱしと瞬きを繰り返す流衣の目の前にあるのは、逞《たくま》しい胸を包むドレスシャツと上等な黒いジャケット。

ラファエルに抱きすくめられたのだ。

(え……、な、なんで……⁉)

ラファエルはとても背が高い。すっぽりと抱き込まれてしまったせいで逃げ場もなく、懐かしい彼の香りに包まれる。急激に鼓動が速くなってめまいがした。

動けずにいる頭上で、吐息混じりの深いバリトンが響いた。

「……ああ、やっと見つけた。会いたかったよ、ルイ。やっと願いが叶った……」

情感のこもった声に、体が芯《しん》から揺さぶられたような気がした。

動揺したままながらも、自分を抱きしめている人は怒っているわけではなく再会を心から喜んでくれているらしいことは理解する。

思いがけない嬉しい反応に勇気を得て、流衣はおずおずと震える唇を開いた。

「どう……して、おわかりになったんですか……?」

か細い問いかけは聞こえないかと思ったものの、彼が少しだけ腕をゆるめた。顔をのぞきこんでくすりと笑う。

「私がきみの声を大好きだったのを忘れてしまったのかな」

「声、だけで……？」

そうだ《ウィ》よ、とラファエルはこともなげに頷く。

信じられない。それなのにラファエルは「バルコニーで会ったとき、暗がりにいるきみの姿がよく見えなかったからこそかつてのルイときみの声が即座にシンクロしたんだ」なんてあっさりと言ってのける。

「試しにフランス語で話しかけてみたらちゃんと答えるし、話し方や抑揚もルイと一緒だったからね。念のためにきみの顔を触らせてもらったら完全に確信に変わったよ。きみの肌は相変わらず赤ちゃんみたいに繊細で手触りがいいし、ルイの顔の造りは私の手がちゃんと覚えている」

視覚が遮断されていたからこそ他の感覚に「ルイ」の記憶が強く刻み込まれていた、ということらしい。

姿を見たことがなかったのに、ラファエルは流衣を見つけ出してしまった。そして再び手の中からすり抜けてしまわないようにとっさにホテルのスタッフに指示を出して、オテル・ド・エリオスに留め置いたのだ。

美しいサファイア色の瞳で流衣を見つめて、ラファエルが真剣な声で告げる。

「ずっと探していたんだ。あのときは私の目が治るかわからなかったからこそ言えずにいたけれど、きみが好きだったよ、ルイ。……いや、今もだ。あの夏からずっと、私はきみ以上の人を見つけられずにいる」

「そ……、そんなわけないです」

信じられずにかぶりを振るのに、やわらかく笑った彼は流衣の頭を片手で胸へと抱きしめてその仕草を止めてしまう。

「私の気持ちを否定しないで。好きだよ、ルイ。七年もかかってしまったけれどようやくきみを見つけ出すことができた。ああ……困ったな、柄にもなく舞い上がっている……」

苦しいくらいに抱きしめられて、こっちこそ舞い上がってしまいそうになる。

跳ね回る鼓動に気を取られながらも、流衣はなんとか落ち着こうとした。

とにかく何もかもが現実のこととは思えない。もしかして自分でも気付かないうちに眠ってしまって、パーティ会場で会ったラファエルを夢に登場させているんだろうか。これを現実と思うよりは、夢の方がよほどありえる。

動揺のあまりそんなことを考えている流衣の顔を上げさせたラファエルが、少し首をかしげた。

「どうしてそんな顔をしているの？　信じたいのに信じるのが怖いって書いてある」

的確に読み取られて、眉を下げてしまう。

「……怖いんです。あなたは僕の顔をちゃんとご覧になっていないでしょう？　あなたの想像していたルイは、こんな顔をしていなかったはずです……」

沈んだ声の呟きに、彼が腕の力をゆるめてじっと顔をのぞきこんできた。そらしてしまいそうなのを懸命に我慢して、流衣は続ける。

「あなたがもし七年前に『ルイ』のことを好きになってくださったのだとしたら、それはきっと僕の顔をご覧になっていなかったからだと思います。僕の髪はプラチナブロンドでも緑でもないですし、顔だってごく普通の日本人です。……想像していた姿と違って、がっかりなさったでしょう」

「馬鹿《ばか》なことを言うものじゃないよ、ルイ」

甘く苦笑したラファエルに頬を撫でられて、そこがじわりと熱を帯びる。

「きみの姿が私をがっかりさせるなんて、どうしてそんなことを考えられるのかな。きみはこんなにも綺麗で可愛いのに」

「……っ」

「ずっと、私のルイはどんな顔をしているんだろうと考えていた。かつてきみに触れた感覚を頼りに私なりにイメージして探し続けてきたけれど、しっくりくる人を見つけることはできずにいたんだ。それなのにさっきパーティ会場できみを見た瞬間に、驚くほど私の胸にいるルイのイメージに嵌《はま》った。彼が私のルイであればいい、なんて感じたのは初めてだったよ。運命的だと思わないか」

流衣の顔を見つめてそんなことを言うラファエルは自信に満ち溢《あふ》れている。黒髪をさらりとかきあげて額《ひたい》をさらさせると、長身をかがめてそこにキスを落とした。

「ようやくきみをこの目で見ることができた。きみは私の想像以上だったよ、おちびさん《ミニヨン》」

くらくらする。やっぱりこんなの夢だ。そうじゃないとおかしい。

鼓動が速くなりすぎたせいか、脚にうまく力が入らなくてふらついてしまった。ゆるく回っていた腕が即座に抱き留めてくれる。

「す、すみません……っ」

しっかりと腰を支えてくれた腕の確かさにこれが現実だと実感して、真っ赤になって謝る。と、くすりと笑った彼に「座った方がよさそうだね」とソファに誘導された。

動揺していたせいかもしれないけれど、気付いたらごく自然にかつてと同じように座っていた。取られた手の指を絡めあってしまったことさえ無意識だ。七年ものブランクなんてなかったかのように、互いの顔をちゃんと見るのが初めてだなんて思えないくらいに、すんなりと時間が繋がる。

「やっぱりルイといるのは落ち着くなあ……」

しみじみとラファエルが呟いたけれど、流衣もまったく同じ気持ちだった。胸は高鳴っているのに、いるべき場所に帰ってきたかのような不思議な安らぎに満たされる。

だからといって、これはおかしい。

ようやく帰ってきた理性の声が聞こえて、流衣はおずおずと隣を見上げた。

「あの、手を握っている必要はないんじゃないかと……」

「ごめんね、やっとルイを見つけ出すことができて、しかもきみがあまりにも可愛くてかなり浮かれているんだ。ルイがどうしても嫌だっていうのなら諦めるけど、そうじゃなかったらこのままでいてくれる？」

そんな風にねだられたら断れるわけがない。

「ラファエル、その言い方はずるいです……」

思わず眉を下げてしまったのに、言外の受容を察した彼からはご満悦としか言いようのない笑みが返ってきた。

「ありがとうルイ、私の願いを叶えてくれて。大好きだよ」

ものすごくさらりと言われているけど、さっきに引き続いてこれは告白だ。ぶわ、と顔が熱くなる。とっさに顔を隠すようにうつむいた流衣に低く笑ったラファエルが、上から抱き込むようにして黒髪に唇を付けて囁いた。

「可愛いなあ、ルイ……。どうしてきみはこんなにも愛らしいんだろう」

「も、もうやめてください……」

「うん？　何を」

ちらりと目を上げると、ラファエルは本当に不思議そうにしている。二十六歳にもなって「可愛い」を連発される男子が感じている恥ずかしさなんて理解不能なのだろう。

そもそもラファエルはフランス人だ。出会った時から流衣が照れてしまうようなことをさらりと口にする人だった。

「ルイ、顔を上げて？　もっときみが見たい」

ほらまた、こんなことを言う。

困ってしまいながらも機嫌のいい声に逆らえずに、おずおずと顔を上げる。間近にあるのはきらめくような美貌。美しいサファイアブルーの瞳にとらえられると、魅入られたように目をそらせなくなる。

じっと流衣の顔を見つめていたラファエルが片手を上げて、頬に触れるぎりぎりのところで低く囁いた。

「触ってもいい……？」

さっきまで勝手に触っていたのに、改めて確認されるとひどく恥ずかしい。

見えているのを触って確かめる必要なんてないのに……と思いながらも、その手に触れられる心地よさを知っている流衣は抗えずに小さく頷いた。

大きな手のひらで頬を包み込まれると、それだけで不思議なくらいに心地よくて胸が高鳴る。手のひらで、指先で、流衣の顔をラファエルが味わうようにやさしく撫でる。目を閉じることなく、見つめたままで。

長い指先がそっと唇をなぞった。ぞくりとする感覚に身をすくめると、ラファエルが吐息を含んだ甘い声でねだった。

「きみにキスがしたい。……どうしても」

彼が今求めているキスは、絶対に「天使からの幸運のキス」とかじゃない。恋人同士がするようなものだからこそ許可を求めている。許したら、軽い冗談とか親愛の情の表れとかの言い訳ができないキスをこっちからも求めたことになってしまう。

わかっていても、断れなかった。

七年間、一日たりとも心から離れなかった人だ。初めてその素顔を見たなんて思えないくらいに目の前のラファエルはかつてのラファエルとすんなりと重なって、一人の最高に魅惑的な男性になった。胸の奥底で脈々と続いていた恋心が再び勢いを取り戻して、止めようもなく溢れてしまう。

「して、ください……」

ごく小さな声で答えると、嬉しそうに笑んだ形のいい唇が近付いてきて、やわらかく重なった。ジン、と唇が甘く痺れて、その感覚がさざなみのように全身に渡る。

ラファエルとの七年ぶりのキス。重ねているだけなのに、堪らなく気持ちいい。

やわらかく、ごく軽いキスを数回される。無意識に入っていた体の力が抜けると、くしゃりと髪を撫でたラファエルが重なり方を少しずらした。上唇だけに軽いキスをして、下唇にも同様に。それからもう一度、しっとりと重ねる。

「……ルイ」

ほんの少しだけ唇を離して、ほとんど吐息のような声で呼びかけられる。唇の表面がかすかに触れあうのも、吐息でくすぐられるのも堪らなくて、ぞくぞくして少し口が開く。と、今度は深く重なってきた。ぬるりと艶めかしいものが中に侵入してくる。初めての感覚に戸惑うのに、逃げたいとは思えない。

「ん……ん、ふ……っ……」

口内をやさしく愛撫されると、思わぬところで快感としか言いようのない感覚が生まれて流衣を戸惑わせる。口の中がこんなに感じやすいものだなんて考えたこともなかった。恥ずかしいのに、喉奥《のどおく》からは勝手に甘い声が漏れてしまう。

舌を搦め捕られて、口づけがより濃厚になった。

(すごい……気持ちいい……)

髪を撫でてくれている手も気持ちよくて、流衣はラファエルのキスに酔いしれる。

飲みきれなかった唾液が首筋まで伝うのにも肌が粟立《あわだ》って、ふるりと体が震えた。それを合図のように、ラファエルが名残惜しげにキスをほどく。

二人の唇の間にきらめいた糸を色っぽく舌で切った彼が、流衣の濡れた唇を仕上げのように軽く舐めた。それにも身を震わせてしまうと、熱を帯びて色を深くした青い瞳が細められる。

「……困ったな、もっと欲しくなる……」

ため息混じりに呟いた彼の手が、髪から頬へと撫でてくる。気付かないうちに滲《にじ》んでいた生理的な涙を指先で拭ってくれたラファエルが、とろりと潤《うる》みきった流衣の瞳と視線を合わせて低く聞いてきた。

「ルイ、私はもっときみに触れたい。許される限りルイをこの手で感じて、味わいたい。意味がわかる？」

数回目を瞬いて、流衣は真っ赤になった。信じられなくてかぶりを振ると彼がにっこりする。

「ああ、きみはずっと私のものでいてくれたんだね」

「え……？」

「今の言葉の意味がわからないなんて、きみは七年前と変わらずそういうことに慣れていないということだ。恋人を作らずにいてくれたということだろう」

「……！」

完全に墓穴だ。くすりと笑ったラファエルが黒髪を指先で梳《す》きながら、甘さを増した声で

低く囁く。

「ルイ、私は今夜、恋人としてきみと同じベッドで過ごしたい。無理にとは言わないけれど、がっかりさせないでくれたら嬉しい」

声も眼差《まなざ》しもどこまでもやさしくて甘いのに、言っている内容はとんでもないうえにソフトに強引だ。

「そ、そんなことおっしゃられても……、僕たちは七年ぶりに会ったばかりですし……」

「そうだね。でも私はずっとルイを探していたし、きみの姿をこの目で見て改めて心を奪われた。ルイは違う？」

キスまでさせてくれたのに、と言わんばかりにじっと唇を見つめられて鼓動が速くなる。

確かに流衣も初恋の相手であるラファエルをずっと忘れられずに好きだったし、今夜初めて彼の顔をちゃんと見たにもかかわらず一瞬にして心を奪われた。

「だからって……こんなの、急すぎます……」

「うん、ごめんね。でも欲しいものをためらってはいけないとあの夏に学んだんだ。ここできみを逃がして、また捕まえられなくなったら困るからね」

にっこりして言われたけれど、かつて一方的に消息を絶った身としては耳が痛い。ますます眉を下げてしまいながらも小声で抵抗を試みる。

「そんなことにはなりません。仕事もありますし……」

「ああ、きみが断りづらくなったらいけないから一応言っておくと、私は決して仕事に私情を挟まない。だからルイが本気で嫌ならきっぱり突き放してくれていいよ」

……確かに流衣の知る限り最高の紳士であるラファエルなら、仕事に私情は挟まないだろう。何を言っても軽やかに打ち返されてどうしたらいいのかわからなくなる。

いちばんの問題は、彼に望まれるのを嬉しいなんて思っている自分だ。口では逃げ道を用意しようとしているのに、胸はずっと高鳴っていてラファエルの求めに応えてしまいたいと思っているのだ。

(こんなの、駄目なのに……)

ラファエルは勤め先の取引相手になるかもしれないエリオス・インターナショナルの副社長で、ヴァロア家の次期当主の筆頭候補。自分とは住む世界が違いすぎる。

だいたい、いくらでも好みの美女を選べる地位も才能もある美丈夫が同性の自分を本気で欲しがるはずがないと思う。本人だってさっき「舞い上がっている」と言っていたではないか。

直接顔を見たことがなかった相手を奇跡的に探し当てたことで、ラファエルは気持ちが高揚して冷静な判断ができなくなっているのに違いない。思い出は美化されるというし、彼の美しい瞳は流衣を見ているようで本当は見ていなくて、綺麗なイメージの残像に惑わされているだけ。冷静さを取り戻したらその幻は壊れる。

だからきっと一晩だけの関係になる。先がないのをわかっていて衝動に身を捧げるなんて、どう考えても不毛だ。

そう思っているのに。

「……ルイ、お願いだ。私は今夜、きみが欲しい」

低く、甘い囁きに、ざあっと全身の血が逆流したような気がした。

もしかしたら後で軽々しい真似をしたことに自己嫌悪に陥るかもしれないし、心身にダメージを受けるかもしれない。ラファエルがどんなに甘くやさしい言葉を流衣にくれても、手に入るわけがない人なのだから。

目の前にいるひとは一晩だけの夢だ。

夢は必ずさめる。

でも――。

じっと見つめてくるサファイア色の瞳の熱に、吸い寄せられてしまう。理性の声を押し流すように、胸の奥底から本能的な気持ちが溢れた。

(それでも、いいや……)

これまで生きてきて流衣が恋したのはたった一人だけ。きっとこれからも他の人を好きにはなれない。ラファエル以上の人なんていないから。

こくりと唾《つば》を飲んで、震える唇を開いた。

「……僕で、よければ……」

囁くような掠《かす》れ声になってしまったけれど、美しい海の色の瞳が笑みに溶けた。

「きみしかいらないよ、ルイ」

見とれている間に、ゆっくりと美貌が近付いてくる。唇が深く重なって、覚えたばかりの甘い快楽に酔わされる。

他での経験がないからよくわからないけれど、たぶんラファエルはものすごくキスが上手だ。上等の美味《おい》しいアルコールを飲んだときのような幸福感に満たされているうちに、ぽっと熱がともったように全身の体温が上がって何も考えられなくなる。

ふわふわと体がひどく不安定で、確かなものにすがるように流衣は彼の首を抱きしめた。

重なり合った唇が少し笑う。

「そのまま、私を離さないでいるんだよ」

口許で囁かれて、吐息にぞくぞくしながらも頷く。

「いい子」

呟いたラファエルが流衣の背中と膝裏に両腕を回してソファから立ち上がった。ナチュラルにお姫様抱っこに移行されたことに驚きすぎて声も出せない。

動揺している流衣とは対照的に、ラファエルは上機嫌で寝室に向かった。安定した足取りは彼にとって流衣が大して重くない表れなのだろうけれど、こんな運ばれ方、恥ずかしくていたたまれない。

真っ赤になって固まっている間にベッドに到着して、大切な壊れもののようにそっと横たえられた。

「少し待ってて」

額に軽いキスを落としてラファエルが体を起こした。長身がバスルームへと向かうのに気付いて、流衣は無意識に詰めていた息をこっそりと吐き出す。

「ど、どうしよう……」

やたらと速い鼓動に震えているような胸元を押さえて、ベッドの上によろよろと起き上がる。覚悟を決めたつもりだったのに、実際にベッドに運ばれるとこれから起こることが急に現実味を帯びたせいか動揺せずにはいられなかった。

「ルイ?」

「はいっ」

飛び上がるほど驚いて声の方を見ると、ラファエルが何かのボトルを片手に戻ってくる。

「シャワーを浴びに行かれたのでは……?」

動揺のあまりぽろりと漏れた疑問に彼が軽く首をかしげる。

「いや、きみにつらい思いをさせないようにこれを取りに行っただけだったんだけど……ああ、そういえば日本人は衛生概念がとても発達しているんだったね。私としてはすぐにでもルイに触れたいけれど、浴びてきた方がいいかな?」

「い、いえ……っ」

慣れないせいでずいぶん興ざめなことを言ってしまった気がして慌ててかぶりを振った。

「いいの?」

「はい……っ、あなたの香り、好きですから……っ」

さっきの失言のフォローのつもりで口走った後で、驚いたように青い瞳を少し見開いた彼の表情で自分の発言がずいぶん大胆だったことに気付く。

「いえっ、あの……っ」

「ありがとう、ルイ。嬉しいよ」

甘い笑みで受け止められて、言い訳が喉の奥で消える。

ベッドサイドに戻ってきた彼がことんとサイドテーブルに手にしていたものを置いた。ガラス製の優美なボトルはホテルのアメニティのボディローションだ。

(これを、僕につらい思いをさせないように……?)

意図を察したとたん、生々しさにかあっと頬が熱くなった。彼を見ていられずにうつむくと、視界に大きくて綺麗な手が入ってきた。それから膝。ラファエルの体重でスプリングがきしんで、淡いトワレの香りが届く。

「私を見て、ルイ……。きみが今どんな顔をしているのか見せて……?」

低く、甘い声で囁かれるとくらくらしてしまう。

おずおずと目を上げると、熱っぽく色を深くした青い瞳と間近で視線が絡む。呆然と見つめている流衣をその存在感で押し倒すように、ラファエルがゆっくりと覆いかぶさってきた。

優雅なのに迫力あるその姿は大型の猫科《ねこ》の動物を思わせて、どこにも触れられていないのに気付いたらあおむけに組み敷かれていた。

「……震えているね」

手の甲でそっと頬を撫でられる。自分でも気付いていなかったけれど、怯《おび》えているみたいに体が小さく震えていた。

「私が怖い？」

問いかけに少し考えて、流衣は瞳を伏せる。

「……あなたのことは、怖くないです……。けど……」

「けど？」

「あの……僕、今まで本当に誰ともこういうことをしたことがないので……。ちゃんとできなくて、あなたをがっかりさせてしまうのが怖いです……」

羞恥《しゅうち》をこらえて本心を答えると、彼が目を閉じて片手で顔を覆った。

「ああもう《モン・デュー》……、ルイ、きみは私を試しているの？」

「え……？」

「そんなに可愛いことを言われたら理性が溶けてしまう」

困ったような笑みと共に呟いて、ラファエルが美貌を近付けてくる。まるでキスを待つかのように勝手に瞳が閉じてしまうと、低く笑った彼に深く口づけられた。

濃厚なキスに酔わされる。体のラインをゆったりとたどる彼の手もすごく気持ちよくて、どんどん力が入らなくなってしまう。

気付かないうちにローブの腰ひもがほどかれていた。温かくて大きな手のひらで直接肌に触れられると、思いがけない快感に体が震える。

「ん……っ、ふ……っ」

ただ撫でられているだけなのに、やたらと肌がざわめいてあちこちが勝手にびくびくした。無意識に彼の手を止めるように力の入らない手で捕まえると、ゆっくりとキスがほどかれた。息をあえがせている流衣の口の端に彼が軽いキスを落とす。

「急ぎすぎたかな……？　大丈夫？」

「は、はい」

彼はたぶん急ぎすぎてなんかいない。むしろすごく丁寧に触れてくれていると思う。ただ、慣れないせいで止めたくなってしまうのだ。

なだめるように髪を撫でてくれている彼を見上げて、流衣は潤んだ瞳でお願いした。

「あの……慣れないから少し驚いてしまうだけで、嫌なわけじゃないんです……。あなたの好きなように、なさってください……」

言い終わるのとほぼ同時に、ラファエルがため息をついて首筋に顔を埋《うず》めた。ぞくぞくする感覚に戸惑っている耳元に、低い声が響く。

「ルイのことをずっと天使だと思ってきたけれど、本当は可愛い悪魔なのかもしれないね。魂ごと奪われてしまったからには私はもう未来永劫《みらいえいごう》きみの虜《とりこ》だ」

「……っ」

フランス人にしか言えないようなものすごい愛の言葉に真っ赤になると、くすりと笑った彼が速くなった脈に気付いているよ、というように首筋に唇を付けた。

羞恥と快楽と興奮で目の前がちかちかする。……いや、実際に目の前にあるのはキラキラだ。ラファエルの金色の髪に天井の照明が反射して、光の粉が舞っているみたいにきらめいて見えている。

潤んだ瞳でそれを見つめて、それからはっとした。

(ライト……！)

さっきまではキスに目を閉じていてうっかりしていたけれど、明るいままだと自分の痴態《ちたい》をぜんぶ見られてしまう。首筋を愛撫《あいぶ》しているラファエルのシャツの背を慌てて引いて、流衣は訴えた。

「ラファエル、明かりを……っ」

「駄目《ノン》」

言い終わるより早く拒まれて目を丸くしてしまう。顔を上げたラファエルがサファイア色の瞳でじっと見つめて、深い声で言う。

「言ったよね、私は夜目がきかないって。暗くされたらルイが見えなくなる。七年前に見ることができなかったぶんまで、きみを見ていたい」

「でも……っ」

「ルイのためなら少しだけ明かりを落としてもいいよ。でも、私が見えなくなるまでは駄目」

譲歩してくれたところで彼に見えるのが前提だったら意味がない。

困り顔になってしまうのに、流衣の愁《うれ》いを払うように眉のあたりを撫でたラファエルが綺麗に笑んだ。

「大丈夫だよ、明るいのが恥ずかしいなんて思えなくなるようにしてあげるから」

やさしい声の意味するところをちゃんと理解するより先に、少しも明かりを落としてくれないまま彼は口づけで反論の声を奪ってしまった。

ラファエルのキスは困るくらいに気持ちいい。そのうち何も考えられなくなって、感度の上がった肌の上をたゆたうやさしい手に全身がぞくぞくし始める。

「ん、ふ……っ、ひぁん……ッ」

胸元を撫でられた瞬間、電流のような快感が起こって背がしなり、唇が離れた。

（な……、なに、いまの……？）

呆然と息を乱している流衣に、ラファエルが愛おしげな笑みを浮かべる。

「ここ、好きだった？」

長い指の間に挟むようにしてささやかな胸の突起を転がされて、強烈な感覚にとっさにかぶりを振った。

「やっ、やです、そこ……っ」

「嫌？　もしかして感覚が強すぎて怖い？」

手を止めた彼に聞かれて、涙目で素直に頷く。普段は意識していない場所なのに、今はすごくおかしくなっている。

男のくせに胸で過敏に反応して、しかもそれを怖がっているなんて呆れられてもおかしくない。そう思ったのにラファエルはなぜか満足げだ。指先で小さくとがったそこをやさしくつまんで、耳元に低く囁いてくる。

「ルイ、知ってる？　男性で胸が感じやすい人は中も感じやすいらしいよ」

「中……？」

「そう。ここ」

するりとお尻の間の秘められた蕾《つぼみ》を撫でられて、ひゅっと息を呑んだ。直後に、彼の言いたいことを察して全身の血液が沸騰する。

（ほ……本当にそこ、使うんだ……）

さっきラファエルが持ってきたボディローションをそこに使うのだろうと思ってはいたものの、実際に触られると動揺した。でも彼が望むのなら、ものすごく恥ずかしいけれど我慢してみせる。

そう思っているのに、ゆるゆると谷間を軽く撫でられると得体の知れないざわめきが湧き起こって身をすくめてしまった。

「ご、ごめ……なさ……」

嫌がっているみたいな反応をした自分を謝ろうとすると、軽いキスで止められる。

「撫でられるだけでぞくぞくする？」

「……はい」

「ルイは本当にどこもかしこも感じやすいんだね。……素敵だ」

うっとりと呟いたラファエルは蕾から手を離して、腰骨を撫でるようにして手のひらをするりと移動させた。はっと息を呑んだときには、キスと軽い愛撫だけですっかり勃《た》ちあがっていた中心を握りこまれてしまう。

「こっちももう濡れてるね」

潤んだ先端をくるりと指先で撫でられてびくんと腰が跳ねた。直接触られてもいなかったのにこうなっているなんて、恥ずかしくて声も出せない。

「ルイ、どっちが好き……？」

囁いた唇が、つんととがっている胸の突起を含んだ。

「や……っ」

さっきの強烈な感覚を思い出してとっさに逃げそうになったのに、中心を握りこまれたまだと逃げられない。含んだままで胸の突起を舌先で転がされると、ぞわりと腰の奥から慣れない感覚が湧き起こって息が乱れた。

「い、いや、だめです……っ」

金色の髪に指を差し込んだ流衣が動揺した声で止めるのに、彼は聞いてくれずに手の中にある快楽の中枢までゆるゆると煽《あお》りたててくる。両方からの快楽が体の中で渦巻いて、あっという間に限界が近くなった。

「もうやめて、やめてください……っ、ラファエル……っ」

切羽詰まって泣き声になってしまうと、ようやく彼が愛撫の手を止めてくれた。くすりと笑って流衣の目許に滲んだ涙をキスで吸い取る。

「私の好きにしていいんじゃなかった？」

「そう、ですけど……、このままだと、あなたの手を汚してしまいます……」

「じゃあ手じゃなかったらいいかな」

「え……」

「食べてあげる」

どこを、と聞く間もなく中心をゆるりとしごかれて、真っ赤になってふるふるとかぶりを振る。

「だ、だめです、そんなところ……！　き、きたないです……」

「ルイは綺麗だよ。きっとぜんぶ甘い」

囁いて、はりつめた場所から手を離したラファエルは流衣の蜜《みつ》に濡れた指を色っぽく舐《な》めて見せた。止めることも忘れて大きく目を見開いてしまう。

ショックを受けている姿に淡く苦笑した彼が、軽く首をかしげた。

「信じられないって顔をしてるね」

「あ……、す、すみません……。ちょっと、びっくりしてしまって……」

泣きそうな顔で謝る流衣にラファエルが甘く笑う。

「ルイは無垢《むく》で可愛いね。そういうところはすごく愛おしいけれど……」

思案げに言葉を切った彼が、うん、と何か決めたように小さく頷く。見上げていると、視線を合わせたラファエルが深い海の色の瞳で見つめて、やさしいのに揺るぎない声で告げた。

「ごめんねルイ、慣れていないのも奥ゆかしいのもきみの素晴らしい魅力だけれど、少し無理してもらわないとちゃんと準備できないかもしれない。痛い思いをさせたくないから、泣かせるよ」

ラファエルの宣告は言葉通りだった。大人になってからこんなに泣いたことはないくらい、流衣は羞恥と快楽で泣かされた。

「だめ、だめです、ラファエル……っ」

「そんなに気持ちよさそうな可愛い声で駄目《ノン》って言われても、聞いてあげられないよ」

慣れない流衣が羞恥を覚えて懸命に止めても、ラファエルはにっこりとそんなことを言って快楽の深い海に突き落としてしまう。逃げようにもどうしようもないまま、彼に溺《おぼ》れさせられた。

前も後ろもさんざんに弄られて、延々と続く快感に意識が朦朧《もうろう》とし始める。もはや恥ずかしいとか感じる余裕もなくなった。低い声に問われるまま気持ちいいところを答えて、どうしてほしいかまで口にさせられる。

「あ、あっ、ラファエル……っ、そこ、もっと……っ」

「もっと欲しいの？　これより奥まで？」

ぐちゅり、と濡れた音と共にすっかりほころばされた箇所にそろえた指を深く突き入れられて、甘い悲鳴があがって背がしなる。もう何本飲みこまされているのかもわからない指をきゅうっと締めつけてしまうと、ラファエルが色っぽい吐息をついた。

「……いいね、とても上手だ」

ちゅ、と泣き濡れて上気した頬にキスを落として、耳元に低く聞いてくる。

「ルイ、答えてごらん。これよりもっと奥まで？　それとももっと擦《こす》ってほしいの？」

「わ、わかん、な……っ」

「ああ……、もっと奥はルイはまだ知らないんだものね」

しゃくり上げながらの舌足らずな返事に納得したように呟いて、ずるりと中から指を抜く。それだけで堪らなくてすがるように厚い肩を抱きしめてしまうと、うっとりと彼が笑んだ。

「そろそろよさそうだね」

濡れた瞳をぼんやりと向けると、改めてラファエルに組み敷かれた。深いサファイア色の瞳で真上から見下ろして、低く問われる。

「私が欲しいかい、ルイ？」

準備のために容赦するのをやめたラファエルは、それでもずっとやさしかった。さんざん泣かせはしたけれど、たくさんキスしてくれて、甘い言葉をくれて、怖がらなくていいようにしてくれた。たぶん、彼の方が大変だったと思う。自分の欲を抑えて、不慣れな体を根気よく慣らしてくれたのだから。

こんな人は、他にいない。間違えていても、一晩だけでもいいから、どうしても自分のものにしたい。胸を満たす苦しいほどの感情に後押しされて、上気した頬で流衣は頷く。

「あなたが、欲しいです……」

「……いい子」

にっこりと、愛おしげに笑んだ彼に深く唇を塞がれた。巧みなキスに、わずかに戻ってきていた意識を溶かされる。

つ、ときらめく糸を引いて唇を離されるころには、彼の体軀《たいく》で膝を大きく割られて腰を支えるように枕が入れられていた。腰の位置が高くなって、彼の体が近い。お互いの上がった体温が空気だけで伝わりあうくらいに。

潤みきった流衣の瞳を深い海の色の瞳でのぞきこんで、ラファエルが囁く。

「私の目を見ていて、息を深くしているんだよ」

「はい……」

流衣の頭の近くに片肘《かたひじ》をついた彼が、細い腰を片手で支えてもっと体を寄り添わせた。とろとろに溶かされた蕾に灼《や》けるような熱をあてがわれて、その熱さにひくんと震える。ぐうっと圧力がかかって、小さな口を開かされてゆく。

（あ……どうしよう……、入ってきて、くれない……）

しっかり準備してもらったけれど、小柄な流衣に対してラファエルはすらりとして見えても欧米人らしく体格がよく、すべてのサイズが大きい。事前に確認なんかしていなかっただけに、いっぱいに広げられている感じがするのにまだ全然中に入ってこないことに不安が湧き起こる。

見つめあっている表情で察したらしいラファエルが、色っぽく笑ってキスをくれた。

「大丈夫だよ、ルイ。ちゃんとできるから、息をもっと吐いてごらん……」

吐息の絡んだ囁きに従って、流衣はできるだけ息を吐く。そのタイミングでひときわ強い圧迫を感じた直後、ずちゅ、と濡れた音と共にたっぷりとした先端を飲みこまされた。衝撃に背がしなる。

「まだだよ」

少しつらそうな声に頷いて、苦しい胸で息を吸って、もう一度体の力を抜くようにして吐き出した。吐くときに合わせて、ゆっくりと熱塊が押し入ってくる。

指とは比べものにならないずしりとした熱は怖いような気がしたけれど、美しい青い瞳を見つめていると自分の中に入ってくるのは彼の体だと実感できて不思議なくらい安堵した。

懸命に呼吸を合わせて、流衣は長大な熱杭を受け入れようとする。

膝まで滴《したた》るほどに使われたボディローションのおかげか、先端を飲みこんでしまえば残りの太い幹の部分の侵入は意外なくらいになめらかだった。熟《う》れきった中を圧《お》し広げながら強く擦り上げられてゆく感覚は独特で、言葉にできない痺れのようなものが生まれる。

呼吸がままならないほどにいっぱいに満たしたラファエルが、熱い息をついた。ほっとしたように表情を和らげて、大きく息をあえがせている流衣の髪を気遣わしげに撫でる。

「つらくはない……？」

やさしい声に、じいんと胸が温かくなった。いつの間にか瞳を満たしていた涙を瞬きで払って、流衣はほころぶような笑みを浮かべて小さく頷く。

「はい……。うれしい、です……」

答えるなり、吐息をついたラファエルに抱きしめられた。

「ああもう、きみは愛おしすぎるよ。ゆっくりしてあげたいのに自制できなくなってしまう」

本当に困っているらしいのに、嬉しくなる。

「好きにしてくださいって、言いましたよ……？」

大胆発言をしておきながら恥ずかしげに頬を染める流衣に、青い瞳がとろりと笑みに溶ける。唇を寄せて、甘く囁かれた。

「愛してるよ、ルイ。これから先ずっと、きみは私のものだ」

「……はい」

きっと明日の朝にはさめる夢だけど、それでもラファエルの言葉は真実になる。彼が流衣をいらなくなっても、ラファエルは流衣の心を支配し続けるから。

甘い言葉は、一生の呪《のろ》い。流衣はそれを甘受する。

微笑んで頷くと、深く唇を奪われた。口内を愛撫しながら、彼が二人の間にある濡れそぼった果実に長い指を絡める。びくりと肩が跳ねたけれども気にしてくれずに、感じやすい場所であやすように快楽を与えつつ深くまで埋めこんだものでゆっくりと奥だけを数回突き上げてきた。こんなにいっぱいに満たされていたら苦しいかと思ったのに、思いがけないくらいにぞくぞくして内壁が悦《よろこ》ぶように彼のものに絡みつく。

「大丈夫そうだね」

腰から溶かしてしまうような快感に力が入らなくて、息を乱した流衣はこくんと頷く。ラファエルがひどく嬉しそうに瞳を和らげて、濡れた目許にキスを落とした。

「きみが感じやすくて本当によかった……。正直、とてもひどいことをしている気分になっていたからね」

「え……？」

「まだ少年のように小さくて美しいきみの体には私が負担になるとわかっていたのに、どうしても欲しくて無理をさせてしまった。それなのに堪らなく気持ちよくて、ルイはこのうえなく愛らしくて、私だけが幸福をもらってばかりだろう」

「そんな……」

溶けた頭ではうまく言葉をまとめられなくて、ただふるふるとかぶりを振る。気持ちいいのも、幸せなのも、自分の方だ。

声にならない訴えをわかってくれたらしいラファエルが、微笑んで頷いた。

「同じ気持ちでいられるなんて、私たちほど幸せな恋人同士はいないね。……ルイ、二人でもっと幸せになろうか」

囁いて、細い腰を抱え直す。内部を満たす熱の位置が少し変わっただけで身を震わせる流衣に甘く笑って、ラファエルがゆっくりと腰を引いた。全身が総毛だつような、強烈な快感。息もできずにいると、今度は押し入ってくる。

「……っ」

中にひどく弱いところがあるのは準備している間に教えこまれていたけれど、そのポイントを擦り上げながら深く満たされてゆく感覚は凄《すさ》まじかった。ぎゅうっとつま先が丸くなる。声も出せない。

「ちゃんと息をして、愛しい人《モナムール》」

吐息混じりの色っぽい声をかけられて、いつの間にかきつく閉じていた目を開けると甘い苦笑を湛えた青い瞳と視線が絡む。

「ほら、ここに空気を入れてごらん」

薄い胸を大きな手のひらで撫でられて、ぞくぞくしながら息を吐いて、吸う。体が少しやわらかくなる。慣れない快楽の強烈さに気付かないうちに息を詰めていたらしい。くすりと彼が笑った。

「そんなに気持ちよかった？」

「す……すみません……」

初めてなのにこうなるなんてものすごく淫《みだ》らな体だと思われてしまったに違いない。真っ赤になって涙目で謝ると、やさしいキスを落とされた。

「どうして謝るの？　恋人と最高に相性がいいなんて、こんなに幸せなことはないのに」

「でも……」

「きみをたくさん泣かせてしまったけれど、その甲斐《かい》があったよ。ルイが気持ちいいと私もすごく気持ちいい。だから何も恥じたりしないで、もっと感じたままを見せて」

彼の言うように相性がいいのかどうかは、他を知らない流衣にはわからない。でも、怖いくらいの快楽に体のすみずみまで浸されて、おかしくさせられた。

「ひぁあっ、やっ、だめです、そこ……っ」

「ここ……？　気持ちよすぎる？」

ぐり、と正確に流衣が反応したところを抉《えぐ》って確認してくるラファエルに、泣きながら頷く。と、またそこを抉るようにして奥まで突き入れられる。

確かめるように深く浅く、ラファエルは流衣の中を摩擦しては泣きどころを暴いて、快楽を教え込んだ。彼の愛し方は丁寧だけれど、だからこそ慣れない流衣には濃厚すぎた。自分の体が自分のものじゃなくなってしまう。

ひっきりなしに零れてしまう恥ずかしい声を抑えようとしたのに、「もっと聞かせて、私のカナリア」と昔と同じ呼び方で甘く囁いたラファエルに、よりいっそう容赦のない快感を与えられてしまう。中からどんどん熱が上がって、頭の中まで快楽で焼き尽くされるような気がした。

「ラファエル、も、だめです……っ、僕、もう……っ」

泣いて訴える流衣に、ラファエルがとろりと笑んで抱え上げた膝にやさしいキスを落とす。

「いいよ、ルイ……、私に愛されて絶頂を迎える姿を見せてごらん」

勃《た》ちきったところに指を絡められて、それだけで瀬戸際にあった体は限界を迎えた。大好きな人の綺麗な手を汚してしまうことさえ思い付けないままに、流衣は全身を震わせて蜜を放つ。

びくびくと達している間、内壁が彼のものに絡みつき、搾りあげるようにうねった。は、とひどく艶めかしくラファエルが息をついて眉根を寄せる。

「ルイ、そんな風にされたらきみの中に出してしまう」

「くだ、さい……っ」

ほとんど反射的に口走ると、青い瞳が燃え立った。余裕をなくしたみたいに深くまで勢いよく突き入れられて、さっき以上に激しい絶頂の波に飲み込まれて甘い悲鳴が零れる。

最奥にたっぷりとした熱を撃ち込まれる感覚さえも快感で、指先まで溶けてしまったようだった。もう全然力が入らない。

息も絶え絶えになった流衣をゆるやかに抱きしめ直して、ラファエルがうっとりと吐息をつく。染まった耳元に唇を寄せられた。

「……素晴らしかった。愛してるよ、ルイ」

乱れた吐息混じりの、凄絶《せいぜつ》に色っぽいバリトン。鼓膜から愛撫されたようにぞくぞくして、涙に重たいまぶたをなんとか上げる。

夢心地で、ほとんど吐息のような声で流衣も気持ちを返した。

「僕も、あなたを愛しています……」

きらめく海のように美しい、愛おしげな瞳と見つめあった記憶を最後に、流衣の意識は海の色にゆらりと溶けてしまった。

【2】

初恋の人との夢は一夜限りのはずだった。

朝になればラファエルの美しい瞳は冷静さを取り戻して、思いがけない再会の感動という魔法の解けた流衣に少し困った顔をするはず。そうしたら流衣はパーティでのアルコールにお互いに酔っていたことにして、自分から「なかったことにしましょう」と告げるつもりだった。

なのに。

「ルイ、朝食は何がいい？　うちのホテルは焼きたてのクロワッサンとオムレツが人気だけれど、喉が痛いならリゾットとかの方がいいのかな？」

上機嫌でルームサービスの相談をしてくるラファエルは、ソファで膝の上に流衣を横抱きにしている。全力で遠慮したのに全然聞いてくれなかった。

逃げようにも腰にちゃんと力が入らないうえ、あらぬところにはまだ何か入っているかのような違和感。よれよれと歩くだけでせいいっぱいの流衣を、目が覚めた瞬間からラファエルはひと時も手元から離すことなくお世話をしてくれているのだ。

（どうしよう、夢がさめない……）

これが現実のこととはどうしても思えずに、困惑顔で美貌の人を見上げる。

「ん？」

まぶしいくらいにラファエルは今朝もキラキラだ。しかもものすごく満ち足りた顔で、幸せそうなオーラを纏っていて、昨日よりもさらにゴージャスなキラキラになっている気がする。

オテル・ド・エリオス内にはラファエル専用の部屋があるとかで、流衣が眠っている間に彼は着替えを済ませていた。昨日とは違うビジネス向きのスーツのスラックスにベストとワイシャツという姿は、まだネクタイをしていなくても見とれるほど格好いい。

対する流衣は、いまだにバスローブ一枚だ。「後で着せてあげる」なんて冗談としか思えないことを言ったラファエルに着替えを阻《はば》まれてしまったから。

（本当に着替えを手伝われたらどうしよう……）

こんなにエレガントな人に着替えを手伝われるなんて恥ずかしすぎて耐えられない。無意識に眉を下げると、心配そうに顔をのぞきこまれた。

「食欲がないかな？　熱はなかったけど、もしかしてどこか痛い？」

「い、いえ……っ、大丈夫です。どこも痛くないです」

答えたものの、弱々しい掠れ声だ。

いたわしげに彼が流衣の喉に触れてくる。ぞくりと体が震えてしまいそうなのを懸命に我慢した。ゆうべ初めて知ったけれど、ラファエルに触られると普段は何とも思っていないところさえ強い快感を生む。

「ごめんね、ルイ。いくらきみの声が好きだからってあんなに鳴かせるべきじゃなかった。次からは喉を傷《いた》めないようにもっとキスしててあげる」

「……っ」

真っ赤になって、何も言えずに流衣はかぶりを振る。

(どうして「次」があるのが前提……!?)

ゆうべとまったく変わらないどころか、よりいっそう甘くなった眼差しや声、本当にこれからも大事にしてくれそうな態度に期待してしまいそうになる。

でも、期待はしたくない。勝手に期待してがっかりしたくないし、期待していない方が手の中に幸せが転がり込んできたときに素直に喜べる。

とはいえ、期待をしないこととすべてを否定することはまったく別物だ。

(ラファエル、本当に僕でいいんだ……?)

そう気付けるくらいには、流衣は卑屈じゃなかった。

期待は未来に寄せるものだからこそどうしても自分の希望や欲が入る。だから叶わないとがっかりする。

でも目の前にあるものは事実だ。もちろん主観によるバイアスはかかってしまうけれど、それでも客観的に状況を見て判断したら間違えようがないことだってある。

ゆうべは判断材料が少なすぎて難しかったけれど、これだけわかりやすく愛情表現をされているからにはどんなに信じられなくても認めざるをえない。

ラファエルはちゃんと今の流衣を見ている。

そのうえで大事に思ってくれている。

認めることができると、しゅわしゅわとサイダーの泡がはじけるように幸福感が体の中から湧き上がってきた。

(どうしよう、すごい嬉しい……)

彼のように完璧な人に望んでもらえるなんて、どんな奇跡なんだろう。

勝手にゆるんでしまいそうな唇を抑えるべくきゅっと引き結ぶと、流衣の喉をやさしく撫でていたラファエルが手を止めて眉を曇らせた。

「ルイ……、もしかしてゆうべのことを後悔しているの?」

「え?」

「とても複雑そうな顔をしていたよ」

「あ、えっと……」

にやけるのを我慢していたというのも恥ずかしくて説明をためらうと、ラファエルがひどく深刻な顔になった。

「信じてもらえないかもしれないけど、私は本来こんなに即物的な人間じゃないんだ。もっと心を込めてルイを口説いて、ロマンティックに最初の夜を迎えるべきだったのはわかっている。でもようやくきみを見つけられたことが幸せで、二度と逃がしたくなくて、とても性急に求めてしまった。すまない。幻滅されてしまっただろうか」

秀麗な人がつらそうな顔をしているのを見ていられなくて、流衣はかぶりを振った。これ以上赤くなれないくらいに赤くなってしまいながらも、羞恥をこらえて打ち明ける。

「そんなことないです……。僕も、嬉しかったですし……」

ただでさえ掠れていた声がもっと細くなってしまったけれどちゃんと聞こえたらしく、彼がほっとしたような笑みを見せた。ぎゅっと抱きしめられる。

「よかった……。ルイ、どうしてきみはそんなにも愛らしいんだろう。掠れてる声も可哀想《かわいそう》なのにすごく色っぽくて堪らない。……本当に困ったな、自分がこんなに浮かれることができる人間だなんて思わなかった……」

すっぽり抱き込んだままで呟かれても、こっちこそドキドキして困ってしまう。

こういうのは初めてだけれど、流衣にだってこの状態がいわゆる「バカップル」と呼ばれる人たちが繰り広げるようなものだとわかっている。気恥ずかしい。なのにすごく幸せだ。

——たとえこの甘い関係が一時的なものだとわかっていても。

これは未来を期待しないことによる悲観じゃない。冷静な客観だ。

ラファエルはエリオスの副社長でメインのホテル部門を任されている。つまりは歴史あるヴァロア家の次期当主候補の筆頭だ。誰から見ても申し分のない女性と結婚することを周りに望まれるだろうし、家のためにもそうしなくてはいけない立場の人。同性の流衣といつまでも付き合ってはいられないだろう。……でも。

(ラファエルからさよならを言われるまでは、恋人でいさせてもらおう)

愛する人に愛されるのは、貴重な幸せだ。特に流衣の好きになった相手は同性というだけでなく、住んでいる世界が違う人なのだから。

叶うはずもない恋が奇跡的に成就したのに、怖がって逃げたり、よくばって台無しにしたりしたくない。

だからそっと、心の中で祈るように誓う。

大事にしよう。

ラファエルのことを。

彼と一緒にいる時間を。

自分の恋心を。

流衣にできるのは、それだけだから。

「ところでルイ、私のせいじゃないのならさっきの表情は何だったの？」

「あ、あれは……その、朝食に迷っていて」

顔をのぞきこんだ彼に話を戻されて、にやけそうだったと言えずにちょっと見栄《みえ》をはる。

「人気というクロワッサンとオムレツも美味《おい》しそうですし、あなたの提案してくださったリゾットも食べやすそうでいいなあって……」

「じゃあ両方頼もう」

「いえっ、喉の調子がよくないのであまり食べられないかもしれないですし……！」

確かに両方とも気になっていたものの、とっさにごまかすための発言だった流衣は慌ててしまう。それなのに「きみが残しても私がもらうから気にしないで」なんて言ってラファエルは朝食を二種類オーダーしてしまった。

ホテル自慢の焼きたてクロワッサンに苺《いちご》やマーマレードなどのジャム、ベーコンとチーズとマッシュルームの入ったふわとろのオムレツ、彩り豊かなサラダ、季節のカットフルーツの盛り合わせ、そしてたっぷりのカフェオレ。もうひとつのセットは魚介のミルクリゾットと喉にいいハーブティーだ。カラフルで豪華な定番とお洒落《しゃれ》な病人食風。

「一緒に食べよう」

にっこりしてカトラリーを手にした彼は、きっと流衣が食べたい方をたくさんくれるつもりだ。その証拠に自分を後回しにして、流衣の口許に食べやすい量で食事を運ぶ。当然のように遠慮は聞いてもらえない。

溺愛《できあい》される、という状態を、流衣は朝のスイートルームでこれ以上ないほど実感した。

義母がフランス人だけに照れることなく甘い愛情表現をする人にはそれなりに免疫があるつもりだった。でもラファエルはレベルが違う。

いや、もしかしたら自分が当事者になるのが初めてだからこそここまでドキドキしておろおろしてしまうのだろうか。……嬉しいのは、堪らなく嬉しいのだけれど。

会社に向かうギリギリの時間までラファエルと甘く幸せな時間を満喫した。自分でも恥ずかしくなるくらいのバカップルぶりだと思いながらも気分はずっとふわふわと浮き立っていて、ゆうべの名残《なごり》による体調不良もあまり気にならない。

予告通りに流衣が着替えるのを本当に手伝ったラファエルが、黒髪を指先で軽く整えてくれてから満足げに頷いた。

「うん、いいね。今朝も私のルイは最高に素敵だ」

彼が口を開くたび、カフェのコーヒーに添えられる砂糖さながらの高確率で甘い言葉が付いてくる。嬉しいけれど自分のこととは思えないし、どうにもこそばゆくて瞳を伏せると、頬を手のひらで包むようにして顔を上げさせられた。……逃がしてくれる気はないらしい。

軽いキスを落としてラファエルが聞いてくる。

「ルイ、今夜は何時までなら電話をかけてもいい？　再会できるなんて思っていなかったから会食の予定が入っていて遅くなりそうなんだ。本当ならきみとデートしたいのに」

「ぼ、僕なんかとデートする気なんですか……？」

「なんかって？　私にとっての宝物なのにずいぶんひどい言い方をするね」

きゅ、と鼻をつままれてしまう。でも流衣としては思わず本心が漏れてしまっただけだ。

ラファエルみたいに華やかな人と並ぶには自分は相当地味だと思うし、周りから見ても謎の組み合わせだろう。美女を連れて出かけるのとはわけが違う。

それなのに彼は「この美しくて可愛い人が私のものだということをみんなに見せびらかしたいんだよ」なんて、流衣が真っ赤になって逃げ出したくなるようなことを真顔で言ってのける。

しかも困ったことに本気らしく、流衣を弟のガブリエルに紹介したいなんてとんでもないことを言い出した。

「七年前から私がルイを探してきたことは家族も知っているんだ。ようやくきみを見つけることができて、しかも恋人にすることができた。ガブはちょうど同じホテルに泊まっているし、今すぐにでも紹介したいくらいだね」

「だ、ダメです……！」

「どうして？」

「……ラファエル、質問をしてもいいですか?」

「どうぞ」

「ガブリエルは、あなたから同性の恋人を紹介されても驚かないんでしょうか」

忠告の気持ちも込めて思い切って確認してみると、思いがけない返事がきた。

「たぶんね」

「たぶん?」

「同性の恋人を紹介するのは初めてだから断言はできないけど、一族内には同性のパートナーを得ている人が何人かいるし、うちはかなりリベラルな家風だと思う。私が恋人の性別にこだわっていなくても気にしないんじゃないかな」

啞然としてしまう。

でもフランスは個人の自由を大事にする国だし、かつて十九世紀の終わりごろには「男女ともに愛せる方が人間的に完成されている」というような風潮があってローランサンやラヴェルなどには異性・同性両方の恋人がいたと言われている。上流階級に多い考え方だったらしいから、ヴァロア家の人々がリベラルだとしてもそんなに意外ではないのかもしれない。

だからといって百パーセント大丈夫というわけじゃない。大事にしたい恋なのに、わざわざ折り取られる危険に飛び込むのは賢明じゃないと思う。

「あの……、僕を紹介してくださるのはまだ早いと思います」

無言で軽く眉を上げたラファエルに、流衣は諭すような気持ちで指摘する。

「僕たちは昨日再会したばかりなんですから、あなたは僕のことをまだちゃんとご存じないじゃないですか」

「きみの姿は知らなかったけれど中身はわかっているつもりだよ。七年前、姿に目を奪われることなくきみと知り合えて本当によかったと思う。もし姿を先に見ていたら、ルイの顔立ちや立ち居振る舞いの愛らしさばかりに心を奪われてきみの本当の繊細さや優しさ、清らかさを十分に理解できていなかったかもしれない」

真顔で熱烈な言葉を返されて、かあっと顔が熱くなる。おろおろと瞳が泳いだ。

「と、とにかく急すぎます。もっとゆっくりお願いします……」

「きみがそう言うなら」

頷いて、抱き寄せた流衣の髪に口づけた。

「すまない、私はすっかりきみも同じ気持ちでいてくれていると思い込んでいたね。もっときみに愛してもらえるように努力するよ」

「……そんなの、必要ないです……」

あまりにも紳士的な彼に胸が甘く痛んで、本心が零れてしまう。

流衣はかつて、顔をちゃんと知らなくても彼を敬愛し、止めようもなく恋に落ちた。彼のためならこの目を片方あげてもいいと思えるほどだった。

中身だけでそれほど魅力的な人だったのに、再会して明らかになった彼の美貌は非の打ちどころがないのだ。こんな人に惜しげもなく愛情を注がれて抵抗できるわけがない。

眉を下げている流衣の顔を上げさせて、ラファエルが聞いてきた。

「ガブリエルの様子を見るために少しずつ伝えていくのはいいかな？」

「……少しずつなら」

ためらったものの、譲歩されているのはわかるから流衣も譲る。ラファエルならきっと上手にやってくれるだろうし。

にこりと彼が笑った。

「それで、何時までなら電話をかけてもいいか教えてくれる？」

目を丸くしてから、流衣は唇をほころばせてしまう。こういう風に確認されるとどうしても今夜話をしたいと言われているみたいだ。

ドキドキしながら「何時でもいいです」と答えると、サファイア色の瞳が甘やかな笑みに溶けた。

「そんなに私を甘やかすものじゃないよ。きっときみの負担になるほど求めてしまう」

「負担になんか、ならないです……」

答えるなり抱きしめられて、ラファエルが用意してくれたタクシーで勤務先に送り届けられるときには流衣は恋人のキスに頬を染めて瞳を潤ませていた。

感性が作品に投影される仕事は作り手の気持ちがダイレクトに作品に出やすい。コンセプトが決まっているテキスタイルを作っているときはまだしも、自由にデザインできるものだと気を付けていないと周りにいろいろバレてしまう。

「お、柚月ってば風邪ひいて喉をやられたって言ってたわりにすんごい幸せそうなのデザインしてるねえ。なんかいいことあった？　つかこれ、絶対恋愛絡みだよねー」

背後を通りかかったテキスタイル部門チーフの夏木《なつき》女史に指摘されて、絵筆を片手に大きな作業台の上に目をやる。水彩画風のテキスタイルが好きな流衣はデジタルで作業する前にいつもアナログからデザインに入るのだ。

客観的コメントをもらってから見た新デザインのイメージ画に、ぶわ、と顔が熱くなった。

（……うわ、僕、どれだけ浮かれてるんだろう）

心が歌うままにのせていた色は、甘い桃色、とろけるようなクリーム色、ラファエルの瞳のブルーにきらめく髪のゴールド。使いたいのはきらきらビジューにはじけるスパンコール。やわらかく豊かな線で描かれているのは溢れるような花々。全体的にカラーが溶けあい、そこに少しだけ悲しみや不安を滲ませるようにダークブルーやグレーがひそむ。もう本当に心の中がシースルー状態だ。

「いえ、あの……っ、これは、ゆうべ見た映画がとても素敵で……っ」

「ほほう？　何見たの」

にやにや笑ってツッコミを入れてくる夏木チーフは、めちゃくちゃ仕事のできるアラフォー美女で話を引き出すのがやたらとうまい。下手なことを言えばかなり際どいところまで暴かれそうなので、彼女が知らないことを祈りつつ義母の好きなフランスの古いミュージカル映画のタイトルを口にした。

「『ロバと王女』です」

「……うんん？　誰が出てるやつ？」

「カトリーヌ・ドヌーヴです。ピンクのドレスがとても綺麗で」

「ふうん」

気のない返事にどうやら切り抜けられたらしい、とほっとしたら、「あたしだったらアレ、茶系のイメージもけっこう強いけどねえ。ロバの毛皮かぶるし」とにやっと笑ってパレットを指さされた。しまった、アウトだった。

「ま、どんなイメージを受けるかは人それぞれだしね。いいんじゃない、これ、次の春夏のトレンドカラーも入ってるし、見てるだけで気分がアガる感じ」

「ありがとうございます……！」

思いがけずに褒められて頬を染めると、にっこりされる。

「いいねえ、柚月は学生アルバイトでウチに入ったときからホント素直で可愛かったよねー。つか、ようやく可愛いだけじゃなくなったね」

「え……？」

「このダークブルーやグレー、今までの柚月だったら入れなかった色だよね。でもいいアクセントになってる。綺麗だけど色気のないデザインしてた柚月にこんなの生ませるんだからいい恋なんじゃないの」

「……っ」

筆洗い用のガラス瓶を倒してしまうところだった。真っ赤になっている流衣にんふふと笑って、ひらひらと手を振った夏木は去ってゆく。

「今は時間ないからほっとくけど、詳しいことはそのうち吐かすからー」

「は、吐きませんよ！」

「何かあったら聞いてやるってことー」

嘘か本当かそんなことを言いながら遠ざかって行った。

(色気……とか、わかんないけど……)

デザインラフを見ているのにラファエルのことを思い出して、さらに上司が使った「柚月に生ませる」という言葉が重なってやたらと恥ずかしくなる。

ともあれ、仕事にいい影響があったことにほっとした。自分の選択が間違っていないと背中を押してもらったようなものだから。

ふとしたときに体が思い出させるゆうべの名残にこっそり赤面したりしながらも着々と仕事をして、いつもより少し早めに帰った。


両親と住んでいる庭付き一戸建ての玄関ドアを開けるなり、上司にされたのと同じような問いが飛んできた。

「シュー、いったい何があったの〜！」

「何って……？」

「これよこれ！」

オリヴィアが示したのは、玄関脇のアンティークの椅子《いす》の上に置かれた豪華な薔薇の花束だ。

「お昼過ぎに届いたのよ。いい香りねえ。ねえシュー、誰からなの？　いったい何があったらこんなに素敵なものが送られてくることになったの？」

「ちょ、ちょっと待って」

予感に鼓動が速くなるのを感じながら花束に添えられているカードを手に取る。

『Cher mon ange（親愛なる私の天使へ）』

優雅な筆跡で綴られているフランス語はそれだけで、差出人の名前はない。でも、わかってしまった。

（ラファエルだ……！）

真っ赤になって玄関先に座り込んでしまいそうになる。差出人の名前を書かなかったのは流衣が実家暮らしということに配慮してくれたのに違いない。きっとこの花束は、再会したゆうべの記念。

女性相手じゃないのだからこんなにロマンティックなプレゼントをしてくれなくても大丈夫なのに、と思う一方で、ゆうべを特別なものとして扱ってくれる彼の気持ちは照れくさいのに嬉しい。

「ねえ誰から？」

瞳を輝かせて何度も聞いてくるオリヴィアに染まったままの頰で「友達《モナミ》」と口早に答えて、花束を抱えて二階に逃げる。ごまかしたのをちょっと後ろめたく思ったものの、そういえば「私の友達」という意味のフランス語 mon ami には「恋人」の意味もあった。とっさの返事にしては我ながらいい言葉のチョイスだったとほっとする。

夕食時もオリヴィアの関心は全然薄れていなかったけれど、父親に「ずいぶん久しぶりに流衣に恋の疑惑が浮上したんだから、そっとしといてあげなさい」と苦笑混じりにたしなめられてようやく口を閉じてくれた。七年前、誰にも言わなかったけれどラファエルから離れて帰国したときに落ち込んだのを隠しきれなかったせいで、「シューはフランスで失恋したらしい」と両親は気付いているのだ。

その夜、何をしても集中できずにそわそわと自室で待っていたら、二十三時少し前に携帯に着信があった。自分でも笑ってしまうくらいぴょんと体と心臓が跳ねる。

ドキドキしながら夜の挨拶を交わすと、ほっとした声でラファエルが言った。

「よかった、声が戻っているね。体はつらくなかった？」

「は、はい……」

普通ならされないような気遣いに顔が熱くなる。恥ずかしさをごまかすように慌てて話題を変えた。

「そういえば今日、差出人不明の素敵な花束が届いていました。……ありがとうございます」

「きみならわかってくれると思っていたよ、親愛なる私の天使くん」

やわらかい笑い声に、くすぐったい気分になる。

他愛もないことをあれこれと話しているだけなのに、あっという間に時間は過ぎていった。木曜日だったのが金曜日に変わったときに、ラファエルがしみじみと呟く。

「一日の終わりと始まりにルイの声を聞けるのは素晴らしいね。とても癒《い》やされる」

昔から流衣の声を好きだと言ってくれていた彼にそんなことを言われて、胸がふわりと温かくなった。こっちこそ、同じ気持ちだ。……いや、癒やされるというのとはちょっと違うかもしれない。電話だと穏やかなバリトンでずっと耳元に囁かれているようで、ドキドキしてしまうから。

「ずっとルイの声を聞いていたいけれど、このままだと朝になってしまうね。きみを寝不足にしないようにそろそろ解放してあげるよ」

大丈夫です、と言いたいけれど、睡眠不足だと仕事に差し障りがあるかもしれない。自分だけじゃなくて、ラファエルにも。

名残惜しい気持ちのせいですぐに返事ができないでいると、どことなく笑みを含んだ甘い声が耳に響いた。

「ルイ、明日の仕事が終わったら連絡をくれる？」

「え……」

「食事に行って、そのまま私と過ごそう。ルイが許してくれるなら月曜の朝まで」

「は、はい……！」

約束というのが未来を縛るためじゃなくて、今という瞬間を幸せにするためのものだということを流衣は初めて知った。デートの約束を交わしたおかげで、浮き立った気持ちでおやすみを言える。

きっと仕事終わりに彼に連絡をしてデートが実現するまで、一日中そわそわと幸せな気持ちが続くに違いない。

そう思っていたのに、翌日、思いがけないことで流衣の心は乱れることになった。

テキスタイル部門のデザイン室に勢いよく飛び込んできた夏木チーフが、珍しく瞳を輝かせて興奮気味に報告する。

「なんと、エリオスの新ホテルにうちが選ばれちゃいましたー！」

ハイテンションな声が響き渡るなり、わあっと同僚たちが一斉に歓声をあげた。

一昨日のパーティにはコンペに参加している企業が何社か招待されており、中には業界の最大手や繊維専門の企業もあった。それらを下して、スプリンセがオテル・ド・エリオスの新ホテルに使われるテキスタイルを一手に担うことになったのだ。

一言でテキスタイルといっても幅広い。

シーツや枕カバー、デュベ《羽毛かけ布団》などのベッド周りに始まり、タオル、室内着、クッションやスリッパ、絨毯《じゅうたん》やカーテン、さらに壁紙まで含む。

アパレルメーカーだけにスプリンセではコンペに参加するにあたってバスローブや浴衣《ゆかた》、ガウンなどの室内着とスリッパを採用されることを目標にしていた。それなのに「統一感のある和風のデザインのよさを生かしたい」と全面的な採用。

期待以上の結果に社員たちは興奮気味だ。

「柚月の手柄だよ、グッジョブ！」

ばしんとチーフに肩をたたかれて、呆然としていた流衣は慌てて笑顔をつくる。

今回のテキスタイルは流衣の提出した案が元になっているからこそのねぎらいだ。特に評価されたベッド周りとクッションカバーは、水墨画をイメージして流衣が描いた花と鳥の絵が筆のタッチまでそのまま生かされている。

選ばれたのも褒められたのも嬉しいのに、ひどく複雑な気分だった。……ラファエルは仕事に私情を挟まないと言っていたけれど。


終業後、流衣は約束通りにラファエルに連絡をとった。電話だと仕事の邪魔になったらいけないからメールにする。

数分もしないうちに返事がきた。

『七分待って』

ごく短い返事は今忙しいということだろう。場所の指定はなかったものの、「仕事が終わったら連絡する」という約束だったから会社で待つのがいいだろうとスプリンセの正面エントランス前で待つことにした。改めて連絡があったら駅に向かうなりタクシーをつかまえるなりするつもりで。

しばらくすると会社前に大きな車が停《と》まった。シャープだけれどビジネスっぽい無難さもあるシルバーの車体から降りてきたのは、ブラウンの髪色に似合うベージュのスーツ姿の長身の男性――ラファエルの弟のガブリエルだ。

流衣に気付くと、礼儀正しい笑みを浮かべて大股《おおまた》で近付いてきた。

「こんにちは、柚月さんですよね？」

「は、はい」

「ラファエルに頼まれてお迎えに上がりました」

（様子を見ながら少しずつって言ったのに……！）

おろおろするものの、フランス語で自己紹介をしたガブリエルは特に何の感情も見せずに車の後部ドアを開けてくれる。

（あれ……？　何も知らされていない……のかな……？）

なめらかに発進した車の後部座席から流衣はちらりとバックミラーに映る人物に目をやる。髪も瞳もブラウンの彼は、ラファエルに似ているけれどもっとソフトな印象だ。

と言っても、決してラファエルがハードな印象を与えるわけじゃない。彼は声も態度も穏やかでエレガントだ。ただ、革命時にフランスに亡命してきたロシア貴族の祖母から髪と目の色を隔世遺伝で受け継いだとかで見た目がとても華やかなのだ。そんな兄と並んでいることが多いせいでガブリエルはソフトに……言い換えれば若干影が薄く見える。

ミラー越しに目が合った。びくりと身をすくませてしまったけれど、ガブリエルは他意のなさそうな笑みを見せて口を開く。

「あなたがラファエルの探していた『幻のルイ』だというのは本当ですか？」

「幻のルイ……？」

「何年か前に兄の前に現れて、突然姿を消したんでしょう？　別荘の執事たちも知らなかった存在ということで私たちはそう呼んでいるんです」

なんだかすごい通称に目を丸くしてから、ちょっと困り顔になりつつも頷いた。

「七年前の夏に、誰にも知られずにあなたのお兄さんと会っていたのは本当です。ラファエルは僕のことを執事さんとかには秘密にしていたみたいですし、僕も家族には言っていなかったので……」

「おや、誰にも知られてないってことはないでしょう？　兄には連れがいたんじゃないですか」

「あ……そうですね、アレクサンドルは知っていました」

ラファエルといつも一緒にいた賢いコリーの姿を思い出して、懐かしさに唇をほころばせて答える。と、ガブリエルがほっとしたように呟いた。

「なるほど、確かにあなたはラファエルの『幻のルイ』のようですね。会った時期も一致していますし、アレクサンドルの名前をご存じだ」

「……！」

鎌をかけられていたのだ。自分が誰かから警戒される対象になるなんて衝撃的で絶句してしまった。

ガブリエルが申し訳なさそうに言う。

「ラファエルの探していた『ルイ』の姿は本人も知らないですし、兄はあなたを疑う気が毛頭ないようなので第三者として私の方から確認させていただきました。お気を悪くされないでください」

「……いいえ、気を悪くなんてしないです。僕がラファエルと会っていたことを証明できるものは何もないですし、お互いにちゃんと顔を知らなかったのに再会できたなんて信じにくい話ですよね。怪しまれるのも当然だと思います」

ヴァロア家がとてつもなく裕福で世界経済にも影響力のある家であることは流衣にもわかっている。気を取り直して答えると、ブラウンの瞳が和らいだ。

「いい人ですね、ルイ。さすがにラファエルが気に入っただけあります」

なんて答えたらいいのかわからなくて流衣は赤くなって目を伏せる。この口ぶりからして、ガブリエルは兄の恋人が誰か知らされている。

そのわりに落ち着き払っている姿に戸惑うものの、疑問はなめらかな運転で流衣をラファエルの元へと運んでいる本人が解いてくれた。

「兄から聞いているかと思いますが、うちの一族は恋人の性別にこだわりがない人が多いんです。まあ世間からそれなりに注目されている家ですから大っぴらにはしていませんが、秘密の『恋人』であるぶんには個人の自由で選べるんですよ。同性なら落胤《らくいん》の心配もありませんし、結婚前のお相手としては望ましいくらいですね。……意味を汲んでいただけますか？」

二人が恋人同士だろうと気にしないという言葉の裏には含みがある、とほのめかされて、流衣は数回目を瞬く。

そして、察した。

「……周りに気付かれないようにします。ラファエルの結婚の邪魔はしません」

「お見事《エクセラン》です」

褒めることで流衣の考えが合っていると伝えて、ガブリエルは慣れない異国でもなめらかに車線変更をした。さすがはラファエルの実弟だ。運転技術といい、兄の『恋人』への釘《くぎ》の刺し方といい、ものすごくソフトなのにしっかりしている。

オテル・ド・エリオスの優美な建物を囲む豊かな緑が見えてきた。ホテルの車寄せに停車したガブリエルが肩ごしに微笑む。

「ルイ、あなたが理解の早い人で安心しました。ラファエルはヴァロア家を背負って立つべき人間です。すでにふさわしいお相手が何人か候補に挙がっているので、どうか先ほどの言葉を忘れないでくださいね」

「……はい」

穏やかな声の念押しに流衣も微笑んで頷いて、車を降りる。

ラウンジで待つのは綺羅星のような人。星はどんなに望んでも手に入らない。

でもそんなのは、最初からわかっていたことだ。

それでもいいと思ったから流衣は今ここにいるし、この恋を大事にしようと決めた。

どんな恋だってほとんどがいつかは終わる。しかも自分たちは男同士だ。冷静に考えれば恋人の弟から結婚までの付き合いを反対されないだけでもありえない幸運だ。

最初から先が決まっているからって何ということもない。手に入らないはずの人が一時的にでも恋人になったのに、未来までよくばって今を台無しにする方が本末転倒だ。

当たり前のことなんかないんだから、手の中にある幸せを忘れないようにしないと。

(……うん、忘れたりなんかしない)

大きく息をついて、背筋を伸ばす。

意識して口角を上げて、流衣は足を踏み出した。


ラファエルが食事に連れて行ってくれた先は、予約必須の会席料理の名店だった。

ビル内の店舗にもかかわらず、引き戸を開けると本物の青葉紅葉《あおばもみじ》と手水鉢《ちょうずばち》のある苔庭《こけにわ》が出迎えてくれ、個室に案内される途中には幽玄《ゆうげん》にライトアップされた人工の滝まである。もちろん大きさは本物に比べるべくもないけれど、かすかに流れるBGMの箏《そう》の音色に水音が重なって、ひんやりと湿度のある空気とあいまってとても趣《おもむき》があった。

食前酒の柚子《ゆず》酒が満たされた江戸切子の杯《さかずき》を手にして、流衣は吐息をついた。

「お店の戸を開けた瞬間から空気が変わってましたね」

「演出がうまいね。とても参考になる」

こういう場に来たら雰囲気を楽しみそうなラファエルが真剣な表情でいろいろとチェックしている。意外さに目を丸くすると、気付いた彼が少し照れたような苦笑を見せた。

「すまない。新ホテルの参考になりそうだと思って見ていたせいでまったく風情のないことを言ってしまったね。呆れられてしまったかな」

「いえ、ラファエルも職業病に罹患《りかん》しているのがわかって親近感が湧きました」

「……その言い方だとルイも患者さん？」

「はい。プレジデンシャル・スイートのシーツの手触りのよさをスレッドカウント四百五十くらいかな、とか思うくらいには重病人です」

笑って打ち明けるとラファエルの眼差しが甘く、やわらかくなる。

「ありがとう、ルイ」

「何がですか」

澄まして答えたのに、流衣のささやかな気遣いなんかお見通しらしい。彼が気持ちのこもった声で呟く。

「ルイはすごいね。これ以上ないくらいきみを愛しているつもりなのに、知るほどにもっと好きになってしまうよ」

「……！」

止めようもなく顔が熱くなった。そんなことを真顔で、面と向かって言ってしまえるラファエルの方がすごいと思う。

このまま赤面するようなことを言われ続けたらいくらフランス語できっと仲居さんに怪しまれてしまう。そろそろ次の料理の給仕に戻ってくるはずなのに。

話題を変えようとした流衣の脳裏に、スプリンセの社員として言っておくべきことがよぎった。

姿勢を正し、取引先の「副社長」に目を向けてはみたものの……会社で知らせを聞いたときに感じたもやっとした感じがよみがえってきて、すぐには言葉にならない。

「ルイ？」

流衣の表情をよく見ているラファエルに問いかける口調で呼ばれて、はっとして笑顔をつくった。お礼を言うのにふさわしい表情でいないと。

「僕の口から言うのもおこがましいですが、スプリンセの社員として言わせていただきますね。新ホテルに我が社のテキスタイルを選んでくださって、ありがとうございました」

深く頭を下げる。と、ラファエルが無言で見つめてきた。

「……もしかしてルイは、私が個人的な感情できみのいる会社を選んだと思っているのかな」

物憂《ものう》げな声の指摘に心臓が跳ねたけれど、理性に従ってかぶりを振る。

「いいえ、あなたは仕事に私情を挟まないとおっしゃっていましたし……」

「でも気になるんだろう？」

確信をもった口調で言われて、少しためらったものの頷いた。彼がため息をついて淡く苦笑する。

「タイミングのせいで気になるのは仕方ないかもしれないね。でも、本当にスプリンセからの提案が素晴らしかったから決めただけだよ」

そう言われてもまだ複雑そうな顔をしている流衣のために、ラファエルはパーティで再会する前の段階で最終候補は三社に絞り込まれていて、エリオスの社内でもスプリンセが人気だったから九割方決まっていたことを明かしてくれた。

「パーティで経営者やそこのスタッフと話してみて、もしスプリンセの企業としての理念や仕事への取り組み方によほどの違和感があれば再検討の予定だったけど、予定通りに決まったというだけのことなんだよ。新ホテルのコンセプトをよく理解してくれていてデザインも品質も素晴らしかったし、消臭のために竹を使っているのもオリエンタルでいいと社内でも高評価だった」

ほっとして顔がゆるむと、ラファエルがやわらかな笑みを見せる。

「世の中には体で仕事を取ろうとプライドなく迫《せま》ってくる人もいるのに、ルイは違うよね。そういうところがとても愛おしいよ」

せっかく仕事の話にしたのにさらりと甘い言葉に着地。ラファエルにはかなわないな、とじわりと頬を熱くしたところに仲居さんが戻ってきた。

その後もちょくちょく流衣を照れさせる発言をするラファエルとの関係を怪しまれずにすんだかどうかは、躾《しつけ》の行き届いた和服美女の安定した微笑みからはわからなかった。

【3】


初恋の人と再会したら、初めての恋人になった。

しかもその人は心も体も徹底的に愛してくれる。

あんな人を知ってしまったら、もう二度と他の人と恋なんてできないと流衣《るい》は思う。もともとそんな気はなかったけれど、ラファエルと過ごす時間が増えるほどにその確信は深まるばかりだ。

忙しいラファエルとは毎日会えるわけじゃないけれど彼が冷めてしまうようなことはなかった。むしろ逆だ。会えない時間を埋め合わせるかのように二人でいる時間は甘く濃密になる。抱き合わなくても、ラファエルの眼差《まなざ》しや声や言葉、触れてくる手、濃《こま》やかな心遣いにはいつも愛情が溢《あふ》れ、流衣を満たし続ける。

溺《おぼ》れてしまう。だけど、抵抗する気はない。

彼といる時間は大切だ。愛《いと》おしんで、ぜんぶ覚えていたい。

与えられるすべてを受け止めて、惜しみなく返す。ひとつも後悔しなくていいように。

ころりと寝返りをうった流衣は、まぶたの裏でぼんやりと明るさを感じて眠りの世界から戻ってきた。

「ん……」

うっすらと目を開けてみたらベッドサイドの明かりが点《つ》いていて、ラファエルが膝《ひざ》の上に置いたパソコンを操作している。

ラファエルの愛し方が濃厚なせいで流衣はいつも半ば気を失うようにして深い眠りに落ちてしまう。だからどのくらいの頻度か正確にはわからないけれど、夜中に目が覚めたときはだいたいこうして仕事をしている姿を見つけるから驚きはしない。

現代機器を使っている真っ最中だけれど真剣な表情は顔の造作の端整さが際立って完璧《かんぺき》に美しく、逞《たくま》しい上半身があらわになっているせいでデッサン用のダビデやアポロンの石膏《せっこう》像を思い出す。

（……そういえばエリオスって、ギリシア神話で太陽の神様なんだっけ）

フランス語では文頭のH《アシュ》を発音しないからエリオスだけれど、一般的にはヘリオス。後《のち》にアポロンと同一視されるようになる太陽の神様で、四頭の馬にひかせた黄金の馬車で大空をゆく。この神様の目からはどんな嘘《うそ》も隠せないというけれど、確かにラファエルの美しいサファイア色の瞳《ひとみ》はいろんなことを見抜いてしまいそうな気がする。今もパソコン内の報告書や資料の奥にある真実を見つけ出して、最良の判断を下そうとしているのだろう。

まだはっきりしていない意識でぼんやりと眺めていたらラファエルが視線に気付いた。

「ごめんね、起こしてしまった？」

やさしい手で髪を撫《な》でられて、流衣はくすぐったそうに目を細める。

「働きすぎですよ」

「きみにそうやって叱《しか》られるのも嬉《うれ》しいものだね、愛しい人《モン・シェリ》」

「反省してください」

叱られても気にせずに流衣の手を取ってキスを落とす彼に笑ってしまう。

枕元の時計を見ると午前二時を回ったところだ。体力があるからかラファエルは少ない睡眠でも平気らしいけれど、心配になってしまう。夜目のきかない彼にとって発光しているパソコン画面は便利だとしても、寝る直前まで見ていたら質のいい睡眠を妨害してしまうらしいのに。

「まだお休みになれないですか？」

「いや、これで終わりにするよ」

この返事はきっと流衣のため。流衣を心配させないように、それから部屋が明るいことでこれ以上眠る邪魔をしないように。

そんなつもりじゃなかったのに彼の仕事を邪魔してしまったことにちょっと困り顔になってしまうと、身をかがめた彼に眉間《みけん》を開かせるようにキスを落とされた。

「本当にもう終わるつもりだったから、そんな顔しないで」

「……はい」

気を楽にしてくれようとしているのがわかるから、素直に頷《うなず》く。

ラファエルは本当にやさしい。やさしくて、責任感が強くて、ノーブレス・オブリージを体現している人。だからこそ誰よりも忙しくなってしまう。

パソコンをサイドテーブルに片付け、明かりを絞っている彼を見ながら、無意識のため息が零《こぼ》れた。

副社長として日々たくさんの決断をしなくてはいけないラファエルは、そんなことまで、と流衣が驚いてしまうくらい細かいことまで判断や確認を任されている。

彼がすべての決断を下した方が間違いがなくて早いのかもしれないし、現場も責任をとらずにすんで気楽なのかもしれない。だけど、ラファエルの肩だけにあまりにも多くの重圧がかかっているように見える。

流衣をゆったりと抱き込んで寝る体勢に入ったラファエルが、ため息を漏らした。

「せっかく日本にいるのに明日もパーティだよ。帰りが遅くなるとルイといられる時間が減ってしまうのに」

殺し文句でもあるけれど、彼にしては珍しい弱音。自分だけに聞かせてくれるのだろうと思うと嬉しいし、元気づけてあげたくなる。

いい励ましの言葉を思いつけない代わりに逞しい体をそっと抱き返すと、彼が微笑《ほほえ》んで髪にキスを落とした。

「ルイといると本当に癒《い》やされるよ……。愛してる」

じわりと頬《ほお》が熱くなる。だけど、もらったままにならないように流衣も気持ちを声にした。

「僕も……愛しています」

何度言っても愛の言葉に照れてしまう流衣の頬に触れて、「あったかくなってる」とラファエルは甘さを含んだ声で嬉しそうに笑う。暗いとあまり見えないと言いながら、彼は手も使って流衣の反応を何も見逃してくれないのだ。

「それにしても、こんなにしょっちゅうパーティが開かれているなんて知りませんでした」

日本にいる間、ラファエルは二日に一度は何らかのイベントに招待されている。ビジネスパーティに縁のない生活を送ってきた流衣としては驚きなのだけれど、ちゃんと意味があるらしい。

「今後の仕事のために顔を繋《つな》ぐ一種の社交の場だからね。行かなくてすむものなら行きたくないんだけど」

「行きたくないんですか？」

「行きたくないよ」

即答したラファエルに驚いていると、低い声に苦笑が滲《にじ》む。

「こういうことを言うと大人げなくて格好悪いのはわかっているんだけど……正直、社交辞令のシャワーなんてうんざりだし、お酒や食事はゆっくり楽しみたい。できることなら仕事に関係のない本とワインでも手にしてホテルでのんびり過ごしていられたらいいね。そこにきみがいてくれたら文句なしだ」

パーティ会場が誰よりも似合う華やかな美貌《びぼう》の持ち主で、実際にいつも中心にいるような人なのに、ラファエルはまったり静かに過ごす方が好きらしい。そう言われてみたら、再会の夜にバルコニーに出てきたときも確かに疲れた様子だった。

「ラファエル、本当は華やかな場所が苦手なんですか？」

「そんなに意外かな」

苦笑混じりの返答は反語的な肯定だ。流衣は頷く。

「とてもパーティ慣れしていらっしゃるみたいですし、僕が見たときには笑顔でたくさんの方と話していらしたので……ああいう場所がお好きなんだと思っていました」

「『上手にできること』と『したいこと』は必ずしも一致しないものだよ。逆もまた然《しか》りだ」

きょとんと目を向けると、彼が説明を足す。

「私は公《おおやけ》の場でそつなく振る舞うことがかなり得意だと思う。子どものころからの慣れもあるし、それなりの教養と対応力があるからね。ついでに言えば見た目が一族内でも派手だから広告塔にちょうどいいと思われている。でもそういうことに向いているからといって、したいわけじゃないんだ」

なまじ才能があってできてしまうから、好きじゃない仕事を背負わされているのだ。とはいえラファエルは自分の「したいこと」を優先して「できること」を放っておくような人じゃない。ヴァロア家の代表として招待をできるだけ受けて、人脈を広げる仕事をかなりの頻度でこなしている。

(副社長としてのお仕事だけでも大変なのに……)

眉を下げて美貌を見上げていると、ベッドサイドのぼんやりとした明かりの中でも気付いたラファエルに髪を撫でられた。

「ランプの明かりが反射するくらい瞳がぱっちりしているみたいだね。寝つけなくなってしまった？　せっかく眠っていたのにごめんね。ルイと離れるのはつらいけれど、今度からきみの睡眠を邪魔しないようにリビングで仕事した方がよさそうだ」

「いえ、そうじゃなくて……」

反省しているらしい彼にかぶりを振って、少しためらってから口を開く。

「あの……、実は僕、前から考えていたんですけど、どうしてもあなたじゃないといけない仕事はともかくとしてもう少し他の方に任せたりはできないですか？」

「うん?」

世界的な大企業の副社長に意見するなんて自分でもおこがましいと思うものの、どうしてもラファエルの体が心配だし、彼なら自分がどんなことを言っても呆《あき》れたり怒ったりしないという信頼がある。

やさしく促すような眼差しに勇気を得て、思い切って話を続けた。

「僕が勤めているスプリンセでは、各部門のトップに任せて最後のチェックだけ社長がするっていうスタイルなんです。だからわりと現場の裁量権があるっていうか……」

何かいい具体例がないかと考えてみたら、タイムリーなものがあった。

「今回採用していただいたシーツやデュベも、最初の企画を出した僕にテキスタイル部門のチーフが全面的に任せてくれたんです。風合いとか柄とかのデザインだけじゃなくて、繊維工場とのやりとりも含めてやらせてもらいました。たぶん上の人たちからしてみたら任せるのが不安なときもあるでしょうし、自分でやった方が早いのにって思っていることもあると思うんですけど、こっちから助けを求めたり、明らかに困ったことになったりしない限りは見守ってくれて……。チーフが『任せた責任はとるから好きにやりなさい』って言ってくれてすごく重い責任を感じましたけど、同じくらいやり甲斐がありました」

あまりうまく話せた気はしなかったけれど、考えるように瞳を細めて聞いていたラファエルが納得顔で頷いた。

「人を育てるためには任せる勇気も必要ってことだね」

上の人の立場からまとめるとそういうことになるのだな、と気付いて、こくりと頷く。彼が感慨深げに呟《つぶや》いた。

「……そうだね、今のエリオスだと私がいなくなったら道に迷ってしまうかもしれない。そんな企業は健全じゃないね」

「いえ、あの、ずっとそうしてこられたのなら……」

批判するつもりじゃなかっただけに焦るけれど、指先を唇に当てて止められてしまう。ラファエルは微苦笑だ。

「ずっとじゃないんだ。まあもともとエリオス自体がワンマンな経営体制ではあったんだけど、ホテル部門は私とガブリエルのせいで拍車がかかってしまったんだよね」

「え……？」

「話は七年前に遡《さかのぼ》るんだけど、エリオスが米国のレジャーランドと提携を結ぼうとしていたのを覚えている？」

夏の四阿《あずまや》でラファエルが初めて沈んだ様子を見せたときのことだから、よく覚えている。頷くと、彼が瞳を曇らせた。

「あの提携はとても大きな仕事だった。三年近く準備をしてきて、ようやく最終段階までこぎつけたところだったんだけど……私が事故に遭ってしまったせいで、他の人に後を託すことになったんだ」

「……ガブリエルが引き継いでいましたよね？」

新聞記事のことを思い出して確認すると、彼が頷く。

「ああ。だが当時ガブは二十四歳で、本来ならあんなに難しいプロジェクトの責任者になるはずがなかったんだ。ただ……同じ年のころに私が大きなプロジェクトで実績を残していたのを気にしていたんだろうね、ガブリエルは自ら強く望んで責任者になったんだ」

ラファエルの影のように控えめにしている今からは想像もつかずに目を丸くすると、彼が複雑な笑みを見せた。

「本来の彼は自ら前に出るタイプだし、それだけの実力も持っているんだよ。ただ、あのとき提携のための条件で強気に出すぎて最終合意に至れなかった。米国のレジャーランドは裏でエリオスのライバル企業とも話を進めていて、そっちと提携を結んだんだ」

若さゆえの強気と実績を残したいという焦り、自分の能力への自負が生んだ大失態。ライバル社と提携されたことによるエリオスの損失額は相当だったらしく、責任を感じたガブリエルは自らを責め、さらに追い打ちをかけるように周りから「ラファエルなら成功していただろう」と言われてすっかり自信を喪失した。

もともと優秀な兄を目標にしていただけに、「自分はラファエルに勝てない」という感覚が完全に刷り込まれてしまったのだろう。以来、ガブリエルは視力を回復して復帰したラファエルの補佐に回り、自らの判断を信用しなくなったという。

「ナンバー2にあたるガブリエルがすべて私の判断を仰いでいたら、その部下たちも倣うものだろう？　私自身、社内で何がどうなっているか把握している方が安心だし、自分で決めた方が早いこともあって現状の危険性に目をつぶってしまっていた。本当はガブリエルに自信を取り戻してもらうためにも、もう一度自分の判断でプロジェクトを動かす責任者をやらせた方がいいとわかっていてもね」

　そんな事情が……と聞いていた流衣は、ふとひらめく。

「あの、ガブリエルが本来前に出るのが平気だったのなら、実務と直接関係のないパーティなどのイベントに会社代表で出てもらえばいいのではないですか？　一人でうまくやれるということを思い出したら自信を回復できるかもしれないですし」

　弟がパーティを引き受ければそのぶんラファエルの負担は軽減される。そう思って提案してみたのに、返ってきたのは困ったような苦笑だ。

「実はイベントのダブルブッキングはよくあるから、ガブリエルが私の行けない方に別行動で参加してくれたらいいと思って打診してみたことがあるんだ。でも一人でいるときに万が一の失敗をして会社に迷惑をかけたらと思うと体調が悪くなるみたいで、頑《かたく》なに断られてしまったよ」

「そうなんですか……」

思わず眉を下げてしまう。一種の神経症みたいなものなのだろう。

「あれから七年も経《た》つし、多少の荒療治は必要だって精神科医の友人からもアドバイスをもらっているんだけどね。私のせいだと思うとガブに無理をさせる気になれずにいるんだ」

「あなたのせいって……?」

「私が事故に遭っていなければガブは経験に見合わない重責を担わずにすんだし、いくら本人が望んだからって任せるべきじゃなかったんだ。当時は父が今の私の立場にいてガブリエルに任せるべきか迷っていたのだけれど、あのときに私がもっと反対していたらあんなことにはならなかったかもしれない。……それなのに私は見えなくなったショックに自分の方が動揺していて、弟の将来まで深く考えてやれなかった」

自分こそつらい状況にあったのに、自責の念を感じているラファエルの責任感とやさしさに胸が熱くなる。なんとか慰めたくて、流衣は自分を腕に抱いている人の大きな体にもっと寄り添い、翳《かげ》りを帯びた青い瞳を見つめて心から言った。

「事故に遭ったのも、ガブリエルが重責を担うことになったのも、あなたのせいじゃないですよ。うちのチーフが言っていましたけど、『任せた責任をとる』だけじゃなくて、どんなに言いづらくても『向いていない』と伝えるのも上司の仕事なんだそうです。ですからガブリエルに任せた人が責任を感じるのはともかく、反対したのならあなたは全然悪くないです。それに、もしラファエルが事故に遭っていなかったら僕はあなたと出会えませんでした」

「……そうだね」

ふ、と笑って、ラファエルが流衣を抱く腕の力を強める。お互いのために作られているみたいに二人の体がぴったりと重なりあった。

ゆったりと落ち着いた鼓動に耳を傾けていると、彼の深い声が響く。

「ありがとう、ルイ。明日にでも部下と相談してみるよ。周りを巻き込めばガブリエルも一人だけ責任から逃げるような真似《まね》はできないだろうし、仕事を任せていくことで少しずつでも自信回復していけるだろうしね。……それに、私がいないと会社が回らないようじゃきみとバカンスにも行けない」

声音だけは真面目《まじめ》に付け足された最後の内容に目を上げると、楽しげにきらめくブルーアイズ。彼の笑みが伝わってきたみたいに流衣もにっこりしてしまう。

「あなたがバカンスに行けるようになったら、またあの四阿に行きたいです。アレクサンドルにも会いたいですし」

「愛しい人《モン・シェリ》、私以外の男に会いたいなんて言うのは駄目だよ。妬《や》いてしまう」

「ラファエル……！」

完璧な紳士である飼い主に嫉妬《しっと》されたなんて知ったらきっとハンサムなコリーは困り顔だ。いや、もしかしたら呆れ顔かも。

笑いあって、きらめく未来のイメージを胸に流衣は恋人の腕の中で瞳を閉じた。

【4】


自宅のリビングで流衣はハミングしつつ軽《かろ》やかに絵筆を動かしている。

描いているのはフランスに帰国中の恋人からの贈り物だ。そのまま飾れるように箱にアレンジされているお洒落《しゃれ》なブーケ。

ボルドー、アッシュピンク、アイボリー、バイオレット。オールドローズやラナンキュラス、クリスマスローズにスカビオサなどのたっぷりの花々を引き立たせるように、シルバーリーフとアイビーがあしらわれている。

（ずいぶん秋らしい色になったなあ……）

使う絵の具の色の変化に季節を実感して、感慨深い気持ちになる。夏には爽やかな白やグリーン、イエローが多くてリボンもレースなど抜け感があるものだったけれど、今は落ち着いた色合いでリボンもこっくりとしたベルベットだ。

六月に再会して、ラファエルと恋人同士になってなんともう五カ月。

その間、ラファエルは会えない日にたびたび流衣に花束を贈ってくれた。

好きな人からもらったプレゼントは大切な記念だ。でも花は枯れてしまうから、流衣は毎回水彩で描いて残すようにしてきた。記念に残すだけなら携帯カメラで撮れば早いけれど幸せ気分で見るものの美しさは写真で写し取りきれないし、せっかくのプレゼントをゆっくり眺めたいというのもある。

そんな思いで描いているだけなのだけれど、仕事にもいい影響があった。

カラーやフォルム、グラデーション、光と影、質感の対比、プロの手によるフラワーアレンジメントの芸術性。それらをよく観察して自らの手を通して何もない紙の上に写し取るのだから、感性をより鋭敏にしないわけがないのだ。

「柚月ってば絶好調じゃないの」とチーフに褒められ、同僚からも「なんかイキイキつやつやしてる……秘訣は何ー⁉」と問い詰められることが増えた。秘訣と言っていいのかわからないけれど、好調の原因が甘くてやさしい恋人なのは確かだ。

幸せすぎて怖いくらいだけれど、すべて甘受して、感謝する。大切にしようと誓った気持ちを忘れないように。

ベルベットにタティングレースを合わせているのもいいなと感心しながら描いていると、リビングのドアが開いた。流衣に目を留めた義母《はは》が、にやーっとチェシャ猫みたいな笑みを浮かべる。

「……何か言いたげだね、オリヴィア?」

「見守っている甲斐《かい》があるのを喜んでいるだけよ」

澄まし顔で返して、シンプルなデザインのセラミック製コーヒーミルを手に取る。

「シューも飲む?」

「うん」

「素敵な人みたいね」

「……っ」

さらりと花束の送り主の話題を織り込んできた。うっかり返事しそうになったのを飲み込んではみたものの、これだけ頻繁に花束を贈ってくれる人と何もないと言う方がおかしい。

結局、流衣は顔をほころばせて頷いた。

「うん、素敵な人だよ」

オリヴィアが片眉を器用に上げる。

「それなのに最近ランデブーがないのね」

「忙しい人だからね」

それでもラファエルは前より少し時間に余裕ができるようになった。

流衣と話した翌日、彼は本当に部下たちと話をしたらしい。各自の裁量で仕事をするということについてガブリエルは反対したものの他の社員は乗り気で、いくつかは完全に任せることができたのだそうだ。

任されたことで部下たちはやる気を見せて、前よりも活発に意見を出したり、自分なりの工夫を考えたりするようになってうまくいっているらしい。もちろんラファエルも相談されれば意見を出すし、フォローはしているらしいけれど、丸ごと抱え込んでいたときよりはずいぶん身軽になったのだ。

「ガブはまだ渋い顔だけどね」と苦笑していたものの、ラファエルが行けないパーティや会合にはヴァロア家代表として参加するようになったのだから大きな一歩だ。

時間に余裕が生まれたといっても元がものすごく忙しかった人だ。今でも会えるのは月の半分程度。でもメールや電話を毎日のように交わしているし、会えない時間が逆に二人でいるときの喜びを深めている気がする。

オリヴィアの淹《い》れてくれた香り高いコーヒーに息を吹きかけて冷ましていたら、ラファエルからメールが入った。

『明後日《あさって》きみの元へ帰るよ。月曜までルイの時間を私にくれる?』

思わず顔がほころぶ。「日本に行くよ」じゃなくて「きみの元へ帰る」という言い方はとてもラファエルらしい。

念のためにカレンダーをチェックすると、明後日は金曜日。週末をまるまる一緒に過ごせる。

『もちろんです。楽しみに待っています』

いそいそとメールを返すと、向かいから日本語とも英語ともフランス語ともつかない歌うような声をかけられた。

「ラブラブランデブー？」

コーヒーのマグを片手にオリヴィアはチェシャ猫スマイル。

しらばくれようと思ったのに、恋人と過ごせる週末が楽しみで勝手に顔が笑ってしまったからこの際素直に頷いた。

「うん」

「やだ、幸せいっぱいね」

笑われてしまったけれど、自分でもそう思うから反論はしない。

（明後日だったら……明日のうちに次の秋冬シーズン用テキスタイルの修正指示を終わらせて、工場に試作品のチェックにも行っておこう）

恋人と会う日に残業しなくていいように段取りを考える。

会える日を励みに仕事も頑張れる。ラファエルは近くにいるときだけじゃなく、離れているときも最高の恋人なのだ。

予告通りにラファエルは金曜日に流衣の元に帰ってきた。すっかり第二の家となったエリオスのスイートで幸せな夜と土曜日を過ごし、あっという間の日曜。

「日曜日に働くなんて罪悪だよ」

お昼前、いつもならリラックスしたローブ姿で流衣をご機嫌にかまっているラファエルがパリッとしたスーツ姿でうんざり顔だ。重要な取引相手とのビジネスランチパーティに出席するために準備中なのだ。

「お仕事なら仕方ないですよ。……ネクタイ、僕がしましょうか」

「頼むよ、可愛い人《ミニョン》」

ささやかなのに、流衣の言葉で彼はすぐに笑顔になる。彼のこういうところは流衣を幸せにしてくれるし、愛しさが増す。

「ルイはネクタイを結ぶのが上手だよね」

「仕事柄もあるかもしれませんね」

布には人より詳しいだけに扱い方も心得ている。上質なシルクのネクタイを形よく、ディンプルの表情も豊かに結ぶのはお手のものだ。

ネクタイを締め終えると、待っていたようにお礼代わりの軽いキスをされた。そのまま長身で包み込むようにしてゆるく抱きしめられる。

「こんなキスじゃ足りないな……」

いかにも残念そうな呟きに、背中に回した手でぽんぽんと軽くたたいて慰める。頬が熱くなるのを感じながらも本心を込めた励ましを囁《ささや》いた。

「帰ってきたら、もっとしてください」

「もちろんだ」

「仕事がうまくいくように天使からの幸運のキスをして」と言う彼を照れながらもキスで見送って、流衣はリビングに戻った。

座面の広いソファに腰かけて、持参のスケッチブックを手に取る。忙しい恋人を待つ間、流衣は仕事と趣味を兼ねて絵を描くようになった。夜の名残で体がだるくても絵を描くのはできるし、描いていたら時間があっという間に過ぎる。

ラファエルは流衣の絵が好きらしく、「見ているだけで癒やされるね」とスケッチブックをよく眺めているし、描いているときは邪魔をしない。いつもは流衣が恥ずかしがっても膝に抱き上げたり体のどこかに触れてきたりするのに、「あんなに楽しそうなルイの邪魔はできないよ」と近くに座って飽きることなく見ているのだ。

そんな流衣の手描き風の柄が入った新ホテル用のテキスタイルは、エリオスの細かい希望に合わせるための最終調整を先月終えたばかり、ようやく本格的に生産が始まったところだ。

(値ごろ感があるホテルになるってことだし、完成したらラファエルに内緒で泊まりに行っ

てみよう）

内緒にするのは、恋人がいかにして流衣を甘やかそうかといつも考えているような人だから。「泊まってみたい」と言ったら無料でゲストルームを用意してくれそうだけれど、流衣としては普通にゲスト目線で自分たちの会社の仕事を見てみたい。内緒で泊まった後で感想を伝えたら彼はどんな反応をするだろう。

無意識に唇をほころばせて流衣はうきうきとスケッチブックに水彩色鉛筆を走らせる。

新しいデザインを考えるのに集中していたら、インターフォンのチャイムが響いた。目を瞬《しばたた》いて、時計に目を向ける。ラファエルが戻ってくるにしてはまだ早い時間だ。

「はい……？」

怪訝《けげん》な表情でドアを開けた流衣は、恋人によく似た、もう少しソフトな印象の長身の人物――ガブリエルの姿に一瞬固まった。

「休日にお邪魔してすみません。……入っても？」

「は、はい」

頷いて、慌ててドアを大きく開けて脇《わき》に避《よ》ける。

大股《おおまた》でリビングへと向かってゆくスーツの後ろ姿は、どことなく緊張をはらんでいる。

ラファエルがいない間に彼がやってきた理由の想像がつくだけに流衣はきつく唇を嚙《か》んだ。

それでも無理に顔を上げて、恋人の弟の後を追う。

「紅茶とコーヒーでは……」

「いえ、結構です。用件をお伝えしたらすぐに帰りますから」

「……そうおっしゃらずに」

無理やりのような笑みに、ガブリエルがブラウンの瞳を少し見開いた。ふいと目をそらして、答える。

「では、紅茶をお願いします」

恋人とこの部屋で過ごすうちに使い慣れた備え付けのティーセットで、ゆっくりと紅茶を淹れた。少しでも話をする時を先延ばしにするように。

それでも大した時間はかからない。流衣は紅茶を運び、応接テーブルを挟んでガブリエルと向かい合った。

湯気のたつカップに手を付けることなく、恋人の弟が口を開く。

「私の話がどういうものか、わかっているという顔ですね」

「……覚えているように言われましたから」

「そうでしたね。申し訳ないが、やはりあなたに事前に言っておいてよかったと思いますよ」

ひとつ息をついたガブリエルが流衣を見据えた。硬い声ではっきりと宣告される。

「兄と別れていただきたい」

——とうとう、恐れていた時が来てしまった。

わかっていたはずだったのに、どうしようもなく動揺した。目の前が暗くなりそうなのをなんとか意志の力で耐えて、流衣は取り乱さないように自分を抑え、喉《のど》から声を絞り出す。

「……ラファエルのご結婚相手が、決まったのですか」

覚悟して聞いたのに、深刻な表情でかぶりを振られた。

「いえ。逆です」

「逆……？」

「ラファエルは、あなた以外の誰とも結婚する気がないと両親に宣言してしまったのです」

「え……⁉」

あまりにも信じられない返事だ。聞き間違いかと思うものの、大きく目を見開いている流衣から目をそらしたガブリエルは苦々しげに続ける。

「兄が静養先の別荘で知り合ったという姿も知らない『ルイ』という人物にご執心で、ずっと探していたことは両親も私も知っていました。ですから再会して恋人になったと聞いたときには、驚くべき偶然があるものだと興味深く思ったものです。あまりにもできすぎた話であなたを疑ってしまったくらいですからね」

「はあ……」

衝撃から立ち直りきれずに間の抜けた相槌《あいづち》を打ってしまうけれど、ガブリエルは深刻だ。

「あなたにも以前言いましたが、ヴァロアの一族は同性の恋人を持つことに反対はしません。

でもそれはあくまでも『恋人』、品のない言い方をするなら結婚するまでの遊び相手としてです。ヴァロア家のトップに立つのなら、やはり公的にもパーティなどに正式な夫婦として参加することができ、そつのない外交手腕をもってビジネス上でも当主をフォローできるパートナーを選ぶ必要がありますからね。もし同性のパートナーを選ぶのなら……自らが表舞台を降りるというのが暗黙の了解となっています」

「！」

言い方はやんわりしているけれど、同性のパートナーを選んだ場合はヴァロア家の当主になる資格――つまりはエリオス・インターナショナルのトップに立つ資格を喪失して、目立たないように生きるのを余儀なくされるということだ。

それをわかっていて、ラファエルは両親にとんでもない宣言をした。

「どうして……ラファエルはそんなことを……」

呆然《ぼうぜん》と漏れた呟きに、ガブリエルが答える。

「フランスに帰国していた先日、父が兄に花嫁候補の中から気に入った相手を選んで今年のクリスマスに招待してはどうかと勧めたのが発端になったようです。父としては自分が引退する前にラファエルに身を固めさせるつもりで打診しただけのようですが、タイミングが悪かった。兄は現在、あなた以外目に入らない状態だ」

「そ、そんなことは……」

赤くなって反論しかけると、思いがけないくらいに鋭い視線で遮られた。

「不要な謙遜《けんそん》はやめてください。弟の目から見ても兄はあなたに夢中ですよ、ルイ。だから困っています」

はあ、と大きなため息をついて、ガブリエルがぐしゃぐしゃと髪をかき混ぜる。

「あと何年かすればラファエルのあなたへの気持ちは冷めるかもしれません。が、今じゃない。今の兄に将来を決めさせるなんてタイミングが悪すぎる……」

「あの……、保留にしてもらったらいいのではないですか？　何も今すぐに先のことを決めなくても、一年後とか、ラファエルの気持ちが冷めるまで待つとか……」

自分で恋人の気持ちが冷めるのを待とうと提案するのもおかしな話だけれど、流衣からしてみたら保留になればまだラファエルといられることになるのだ。執行猶予を求めるような気持ちで言ってみたのに、ガブリエルがかぶりを振った。

「冷める確証がないですし、ラファエル本人がルイ以外を愛したことはないし、これから先も愛せないと言い切っているんです。兄は恋愛においても感情を完璧にコントロールしてきた人ですから、そんなことを言ったのは初めてなんですよ。……そのせいで、うちの両親は兄の気持ちを本気だと受け止めています。自由と愛を重んじるフランス人の誇りにかけて、ラファエルの意思を尊重したいなんて言っているんですよ！」

苛立《いらだ》たしげに吐き捨てたガブリエルが自分でも紳士らしくなかったことに気付いたのか、

短く息をついた。落ち着こうとするように紅茶を一口飲んで、再び口を開く。

「ラファエルの意思を尊重したいと言いながらも、兄ほど有能な人材を後継者から外すのはあまりに惜しいと両親は悩んでいます。ラファエルの仕事ぶりを間近で見てきた私からしてみたら惜しいなんて言葉じゃすまされません……！　ラファエルほどヴァロア家を率《ひき》いるのにふさわしい人はいないのに、彼が後継者から外されるなんて許せない……！」

抑えていても苦しさや悔しさが滲む声は兄を尊敬しているからこそだ。ガブリエルの言うことも、その気持ちも痛いほどわかるだけに、相槌さえ打てなかった。

うつむいていたガブリエルがようやく顔を上げた。

「……ルイ、本当ならあなたにではなく、兄に直接申し入れるべきだというのはわかっています。ですが、私はラファエルを説得できる自信がない。両親に宣言したばかりか兄は一族に話を通すために近いうちに親族会議を開く予定だ。ただの『恋人』なら放っておけるのに、ラファエルはあなたを『伴侶《はんりょ》』にするつもりなんですよ」

大きく心臓が跳ねた。とっさに嬉しく感じた自分を内心で諫《いさ》めて、かぶりを振る。

「いえ、あの、ラファエルからは何も言われてないですし……」

「あなたに言う前に一族内で話をつけておくためでしょう。ラファエルはずっとヴァロア家の次期トップと目されてきました。誰が見ても飛び抜けて優秀ですから、エリオスの将来のことを思った一族の年寄りたちから反対意見が出ることは見越しているはずです。だが……

兄は物腰が優雅なわりに、最後には必ず自分の思い通りにする人です。このまま親族会議が開かれて話が通ってしまったら、ラファエルはもうヴァロア家のトップに立てなくなってしまうんです……！」

想像もしたくないと言わんばかりに声を震わせたガブリエルが、ふいに視線を落とした。

「……本人がそれでいいと言っているのなら、放っておくべきだと思われるかもしれませんね。だが私は、ラファエルがヴァロア家を背負う者としてふさわしい人間になれるように幼いころから並々ならぬ努力をしてきた姿を知っています。もちろん努力だけで人は望む姿になれるものではありません。特別な才能とたゆまぬ努力があって、ラファエルという一族全員が認められる次期リーダーが生まれたのです。……それなのに兄は、あなたを選ぶことで過去の努力や周りからの期待を捨ててしまうつもりだ……」

深いため息と共に呟かれた最後の言葉は、決して直接流衣を責めてはいないのに鋭く胸に突き刺さった。

七年前、ラファエルが「ヴァロア家を背負うために生きてきた」と口にしたのを、候補から外される可能性に苦しんでいたのを、流衣はちゃんと覚えている。

苦しげな瞳で流衣を見て、ガブリエルが言った。

「……お願いです、ルイ。どうか、あなたからラファエルと別れてください。勝手なことを言っているのはわかっていますが、兄の才能と努力に見合った人生……それからヴァロア家の未来を思うと、そうしていただくしかないと思うのです」

改めての頼みに、奥歯を噛みしめる。

ラファエルに婚約者ができたら身を引く覚悟はしていたけれど、ガブリエルに明かされたのは完全に予想外の内容だった。

ラファエルは流衣を選ぼうとしてくれている。これまでのすべてを捨て、将来を捨ててまで流衣の手を離さずにいようとしてくれている。

それは流衣にとってこれ以上ないほどの幸福で——不幸だった。

自分がいることでラファエルがどうなるか、察してしまえるだけの能力があったから。

ラファエルに求められていることを理由に、ガブリエルの頼みに嫌だと言うのは簡単だ。

自分の感情だけに従うのなら。自分の目先の幸せだけを願うのなら。

だけど流衣がいちばん幸せでいてほしいのは、ラファエルだ。

ラファエルは周りからの期待にきっちり応《こた》えてきた。それだけの力量があるし、「周りの期待を裏切らない」というのは次期当主にふさわしい紳士を目指して生きてきた彼の美学であるかもしれない。

それなのに流衣を選ぶためには、彼は「ヴァロア家のトップに立ってほしい」という周りの期待を裏切らなくてはいけない。

弟のかつての失態にさえ責任を感じていたようなやさしい人が、周囲を失望させて平気でいられるわけがない。身近な人々を傷つけたことを彼はきっと悔やみ、罪の意識に苛《さいな》まれるだろう。しかもラファエルは、流衣には何も言わずに一人で一生耐え続けるような人だ。ラファエルにそんな苦悩を与えるだけでも流衣には耐えがたいのに、自分の存在そのものが彼にさらなる悩みをもたらしてしまうのは目に見えている。……ヴァロア家の人々にとって流衣は一族を導くはずだった光り輝く星を墜落させた存在になるのだ。嫌われこそすれ、受け入れてもらえると思う方がおかしい。ガブリエルをはじめとする家族と流衣がうまく関係を築けなければ、ラファエルは胸を痛める。

彼が家族を大事に思っているのはわかっている。

流衣のことを愛してくれているのも、よくわかっている。

だからこそ彼は苦しむ。

ラファエルを幸せにできるのは、自分じゃない。

きつく目を閉じて、流衣はつらい現実を受け入れた。受け入れたくなくても、逃げ道なんてなかった。

震える息を吐いて、出てこようとしない声をなんとか絞り出す。

「……わかりました」

文句も言わずに同意したことに戸惑ったらしく、疑わしげな眼差しを向けられた。

「本当に？」

無理して少しだけ微笑んで、流衣は頷く。

「はい。僕はずっと、いつかこういう日がくるだろうと思っていました」

「ずいぶん物わかりがいいんですね。ああ……兄と別れるにあたって、引き換えにしたいご要望があるのですね？」

その一言で、ぎりぎりの状態で抑えている感情が溢れた。

「そんなもの何もありません！　ラファエルと絶対に別れたくない、別れるくらいなら死んでやるって泣きわめいて取り乱した方がよかったですか⁉」

切り返した声の切実さ、これまでのおとなしい印象を裏切る流衣の激しさにガブリエルが瞠目《どうもく》する。その表情にはっとして、流衣は大きく息を吐いて顔を伏せた。

「……すみません」

掠《かす》れ声の謝罪に頷いたガブリエルが、気まずげに目を伏せる。

「こちらこそ失礼しました。……本音を言うと、あなたがそんな人じゃなければよかったと思いますよ」

「え……？」

「あなたが私の頼みを聞いてくれるのは、兄のことを本気で愛してくださっているからなんですね。……あなたがもっと自分のことしか考えていないような、見苦しく泣きわめくような人だったら私は良心の呵責《かしゃく》を感じずにすみました。こんな人はラファエルにふさわしくない、二人を別れさせるのは正しいんだと思えたはずですから」

遠回しながらも、流衣を認めてくれている発言。……こんなときに。別れさせにきた人がそんな風に言うなんて。矛盾しているのに、全然笑えない。

ヒステリックな泣き笑いを起こさないように唇を噛みしめている流衣の目の前で、ガブリエルが胸ポケットから小切手を取り出した。せめてものお詫《わ》びにとんでもない額を書き込んで渡されそうになったのをきっぱりと断ると、彼が心底困ったような顔になる。

「……本当に、あなたがこういうものを素直に受け取るような方だったら私の気も楽だったのですが」

「すみません……」

「いえ、謝るべきは私の方ですから」

立ち上がって、深く頭を下げた。

「ラファエルのために身を引いてくださること、心から感謝します」

恋人の弟を見送った流衣は、閉じたドアを見つめながら胸の奥からこみ上げてくる感情に飲み込まれないように歯を食いしばる。

まだ、泣くわけにはいかない。

愛しい人を手放すという、最大の試練をやり遂げるまでは。

「ルイ……？　どこかつらいの？」

やさしいキスで目許《めもと》の涙を吸い取ってくれる恋人に、なんとか微笑んでかぶりを振る。

五カ月に渡って会うたびに濃厚に抱かれてきた流衣の体は、すっかりラファエルのためのものになっている。それでも体格差のせいか彼は流衣を心配して、特に一回目の挿入直後はじっと見つめてくるのだ。

快楽に溶けた顔を見られるのも恥ずかしいけれど、今夜はそれ以上に困る。勝手に涙が溢れてしまうから。

「あなたとこうしているのが、幸せすぎるだけです……」

乱れた吐息混じりの声で心から答えて、両腕を伸ばしてラファエルの首筋を抱きしめた。

泣き顔を見られないように。快楽以上に、胸の痛みで止まらなくなっている涙に気付かれないように。

ラファエルには伝えていないけれど、流衣にとってはこれが最後の夜だ。

明日になればラファエルはまたフランスへと戻る。物理的な距離ができる。

すぐに会いに来られない状態になってから、流衣は別れを告げるつもりだった。誰よりも大好きな人を目の前にしたら、どれほどそうするべきだと思っていても別れの言葉なんて声にできそうにないから。

直接言えないならメールか手紙になる。でもメールにはタイムラグがないから、必然的に手紙一択だ。離れた場所から、一方的に終わりを伝えるツール。

（ずるくて、ごめんなさい……）

声にできない気持ちが涙に形を変えて、目尻《めじり》を伝う。

流衣は首にからめた腕で引き寄せて、鼓動が速くなるのを感じながらも恋人の耳元に羞《しゅう》恥《ち》に掠れる声で囁いた。

「……動いてください、ラファエル……。あなたを、もっと感じたいです……」

快感で何もかもわからなくなってしまえば悲しい涙じゃなくなるし、泣いていても怪しまれない。

そう思っての言葉が普段の流衣なら絶対に言わないような誘い文句になったせいか、中で大きく彼のものが脈打った。それだけで腰を中心にジンと甘い痺《しび》れが渡る。

短く色っぽい息をついて、やさしい手で髪を撫でられた。

「どうしたの、きみらしくないね」

「嫌ですか……？」

「まさか。恥ずかしがりやのルイに欲しがられるのは嬉しいけどね……」

言いながら、彼がゆっくりと腰を引いてゆく。熟れきった内壁を摩擦されることで生まれる快感にぞくぞくして、力が入らなくなってしまう。腕がゆるむと、流衣の顔をのぞきこんだラファエルに再び目許にキスを落とされた。

「今夜のきみは、無理しているみたいだから」

「無理なんて……」

「してるよね。何があったの」

穏やかなのに断言する口調で問われて、思わず眉が下がった。ラファエルはゆったり構えているけれど、実はとてもいろんなことをよく見ていて察しがいい。そして、さりげなく強引だ。

ごまかしてみたところで無駄な気がする。かといって沈んでいる理由を白状することもできない。

困り果てた流衣は、とにかく今言えることだけを口にした。

「……今はまだ、話せないんです。でも、近いうちにちゃんと言いますから……」

「絶対？」

「絶対です」

「……わかったよ」

ため息混じりに呟いて、くしゃりと髪を撫でてくれる。

「本当は頼ってほしいけど、きみがそこまで言うなら今は聞かないでおくよ」

「……ありがとうございます……」

どこまでも紳士的な恋人のやさしさに泣きそうになってしまったけれど、なんとか微笑んでお礼を言う。何とも言えない複雑な顔をしたものの、彼は約束通りにもう何も言わなかった。

深いキスで愛し合って、彼の体が流衣の中に戻ってくる。ラファエルしか流衣に与えられない、身も心も満たされる深い悦楽。本格的に溶け合うための律動が始まる。

腕の中の人をずっと忘れないように、流衣は悲しみを胸の奥に押し込めて恋人のすべてを心に刻んだ。

やさしく触れてくる大きな手。

鼓膜から愛撫《あいぶ》するような低い声、甘い囁き。

熱を帯びるとよりいっそう美しく色を深くする、サファイア色の瞳。

完璧な形のキスが上手な口、ギリシア彫刻のように美しく逞しい大きな体、光にきらめく金色の髪。

手に入るなんて思ってもいなかった人だ。

彼に愛されるなんて、流衣にとっては夢のような奇跡だった。

ラファエルは彼の世界で生きてゆくべき人だ。いつまでも流衣の手許に留めてはおけないし、留めておいてはいけない。恋人がやさしくて愛情深い人であることは、誰よりも流衣がわかっている。だからこそ、自分から離れるしかないと思う。

大好きな人だから、誰よりも幸せになってほしい。ラファエルから愛してもらった思い出があるから、自分はちゃんと生きていける。

最初から、終わりがくるとわかっていた恋だった。

だからこそ彼と過ごすすべての時間が大切で、愛おしかった。

幸せだった。ずっと、ずっと、ずっと。

十分に愛してもらった。愛する人に、惜しみなく愛してもらえた。

だからもう、これ以上望んだりしない。

望んではいけないのだ。

【5】

今朝、空港に向かうラファエルを流衣は見送った。いつものようにスイートルームのドアのところで、ちゃんと笑顔で。

ラファエルには少しでもいい顔の自分を覚えていてほしかったから。

（でもそんなの、わがままだよね……）

これから一方的な別れの手紙を送りつけるのに、彼にとっていい思い出になれるわけがない。

そう思うと心が波立った。泣きたいような、叫び出したいようなぐちゃぐちゃの感情が溢れそうになって、通勤途中の歩道に立ち止まった流衣は落ち着くために意識して深呼吸をする。ラファエルを見送った後、自分でも驚くくらいに情緒不安定になっている。

別れの手紙は、まだ出していない。その前にやるべきことがあるからだ。

会社を辞めること。

ラファエルは公私混同するような人じゃないから、別れた後にエリオスの新ホテルとスプリンセの取引が駄目になることはないと思う。それでも一方的に失礼な別れ方をする流衣がいることで勤め先の印象が悪くなるのは否めない。

だから自分と会社は関係ないということはきちんと伝えて、それが事実だと信じてもらうためにも退職するのだ。

テキスタイルデザインはやり甲斐のある仕事だし、スプリンセという職場も大好きだ。本音を言うと辞めたくない。ずっとここで働いていたい。

そう思える職場だからこそ、絶対に迷惑をかけたくなかった。

「できるだけ早く辞めさせていただきたいんです」という流衣の相談は、説得しても聞かないことに気付いた夏木《なつき》チーフによってその日のうちに春姫《はるひ》社長に報告された。すぐに社長室へとお呼びがかかる。

「柚月ちゃん、うちを辞めたいようには見えないんだけど？　わたくしの気のせい？」

つややかなマッシュルーム頭をことんとかしげる春姫社長は、自社製品と社員をこよなく愛している人だけに答えにくい問い方をしてくる。思わず眉を下げつつ、正直に答えた。

「いえ、気のせいじゃないです」

「そうよね、最近の柚月ちゃんのデザインってこれまで以上にすごく幸せそうで充実してたものね。それなのに辞めたいって言い出したのはそうしないといけないい理由があるのね？こっちで何とかできることならしてあげたいけど、言えないような内容なの？」

おしゃべり好きな人ならではの早口は意外なくらいに真実をついてくる。

「……はい」

「じゃあ落ち着くまで有休とってみない？」

さらりとした提案に一瞬心が揺れた。でも有休だと会社に籍が残ってしまうから、万が一の予防にならない。

「ご迷惑をおかけしたくないんです」

苦しげに答えた流衣に、春姫社長のマッシュルーム頭がさっきと逆にことんと傾く。

「そう、もう心は決まっているのね？　それなら仕方ないわね。できるだけ早く辞めたいって話だったわよね、今やっているお仕事の引き継ぎができたらいいわよ」

あっさりと受け入れられて、ありがたいのにちょっと寂《さび》しいような気分で頭を下げようとしたら軽やかな声で続けられた。

「知ってると思うけど、わたくし柚月ちゃんのテキスタイルが大好きなの。落ち着いたらフリーのテキスタイルデザイナーとしてうちと契約しましょうね」

「え……？」

ぽかんとする流衣に春姫社長はにっこりする。

「もちろんうちと契約するからにはハンパな仕事なんて許さないわよ。ちゃんとフリーでやれるだけの機材をそろえて、自宅で作業できる環境を整えておきなさいね。で、資金繰りが難しくてやっぱりフリーでやるのは無理だわ戻りたいわってなったら戻ってきてもいいわよ。再雇用の場合は中途採用のスタートラインからだから今よりお給料は安くなっちゃうけど、それくらいは覚悟してちょうだいね」

「あ……、ありがとうございます……！」

急に退職したいなんて言い出したのに責めることなく、好きな仕事を続けてゆくチャンスまでもらえて涙ぐみそうになった。

この会社で働けてよかったと心から思う。だからこそ絶対に迷惑はかけられない。

手持ちの仕事の引き継ぎと仕上げをできるだけ早くすませようと遅くまで残業していると、ラファエルから携帯にメールが入っていた。

昼休憩のときに『しばらく忙しくなりますので連絡できないかもしれません』と送っておいたメールへの返事だ。これまでラファエルが日本にいない間はメールと電話でこまめに連絡を取りあってきた。直前まで甘いやりとりをしておいていきなり「別れたい」なんて言っても真実味がないから、空白期間をつくるためにそんなメールを送っておいたのだ。

ただでさえ心苦しい思いで送ったメールだったのに、ラファエルからの返事に胸が詰まった。

忙しくなることへの応援と愛のこもった文章の最後に、『負担になるようなら無理して返さなくていいからね』という彼らしい、いたわりの言葉。

いつでも流衣を大事にしてくれるやさしい人を、心の底から愛おしいと思う。だからこそ自分もラファエルを大事にしたい。

彼の将来も含めて。

潤《うる》んでしまった瞳で何度もメールを読み返してから、流衣は携帯の電源を落とした。うっかり誘惑に負けて返事をすることがないように。

夜中に帰宅してから、エアメール用の便箋《びんせん》と封筒を取り出した。

どういう理由にしたら突然「別れたい」と言い出すのに説得力があるか悩んで、便箋を一冊書きつぶしてしまった。上手に嘘をつく才能がほしいと本気で思ったのは初めてだ。

悩みに悩んで、流衣はようやく思いついた。

(僕が、ラファエルの探していた『ルイ』じゃなかったってことにしよう)

再会した夜から始まった二人の関係は七年前に端を発していた。ラファエルは「イメージに嵌《はま》った」流衣が「探していたルイ」だったことを運命だと表現した。ということは、嘘をついていたことにしたら運命じゃなくなるし、理由次第では流衣は最低な人間になる。

そのことに気付くと、ようやく書けた。

『僕は本当はあなたの探していたルイではありません。新ホテルのコンペで優遇してほしくて、あなたの探していた人と僕の名前が偶然にも一致したことを利用させてもらっただけなんです。ごめんなさい。これ以上あなたを騙《だま》し続けるのがつらくなったので真実を明かすことにしました』

もちろん真っ赤な嘘だ。だけど、我欲のために嘘をついて彼の気持ちを利用した偽物となれば、誇り高いラファエルの気持ちは冷めて嘘つきな流衣を軽蔑《けいべつ》するだろう。

好きな人に軽蔑されるのはつらい。でも、やるしかない。

自分が深く関わったテキスタイルだったからどうしても採用されたかった、採用されると実績ができるから独立するきっかけにもなると思った、などとそれらしい理由を述べてから、すべて自分の独断でスプリンセは関係ないということも書いた。

仕事の野望のために嘘をつき、ラファエルの誤解を利用したテキスタイルデザイナー。

手紙の中に、そんな人物が出来あがった。

春姫社長と話した日から一週間。

毎晩遅くまで残業をしてなんとかすべての仕事を片付け、引き継ぎと挨拶《あいさつ》などを終えて流衣はスプリンセを退職した。

「これからもフリーのテキスタイルデザイナーとして付き合いがある」という話が通っていたおかげで同僚たちの見送りも明るいもので、ともすると気持ちが落ち込みがちな身にはありがたかった。

送別会の帰り、流衣は少し遠回りして家の近所のポストの前に立った。日にちを決めておかないと思い切れないから、ラファエルへの別れの手紙は会社を退職する日に送ると決めていた。

十一月に入ってから急に冷え込んで、今夜は特に冷える。夜目にも吐く息がほんのりと白い。

大きく息をついてから、エアメールを投函口《とうかん》に差し込む。葛藤《かっとう》するようなひと時を経て、目をつぶって手を離した。冷たい指先から離れた封筒がポストの中に落ちるのを、見えるわけでもないのに想像する。

もう取り戻せない。手紙も、手紙がこれから引き起こすことも。

フランスの彼の元に届くまで数日。この手紙を読んだラファエルは二度と流衣の顔なんか見たくないと思うだろう。それくらい、この手紙の中の流衣はひどい人間だ。

小さく唇を噛んだ。

でも、後悔はしない。目の前に舞い降りてきた奇跡を大切に抱きしめて、時がきたら手放さないといけないとわかっていたからこそなおさら愛おしんだ。ぜんぶ覚えていたかった。

求められるものは何もかもあげたかった。

流衣はずっと、自分にできるだけのことはしてきたつもりだ。

そして今、ラファエルの将来のためにできるのは自分から離れることだと思う。

白い息を吐いて、顔を上げる。

「ラファエルが、ずっと幸せでありますように」

もう二度と会えなくても。

彼の幸せに自分はもう関わることができなくても。

遠く見える星空に心からの祈りを込めて呟いて、未練を振り切るようにきびすを返した。


いつかは終わるとわかっていた関係だったし、手放すことも自分で選んだ。

後悔はしていない。すべきじゃないとも思う。

ただ、沈んでしまう気持ちは別だった。

ラファエルの瞳を思い出させる青、彼のトワレに似た柑橘《かんきつ》系の香り、一緒に食べたものや話題になったもの。ふとした折に手放した恋の愛おしさに泣きそうになって、慌てて気を紛らわせるのを繰り返している。大切な宝物だからこそ手放したとわかっているのに、理性で感情は抑えきれない。

それでも流衣は、両親に心配をかけないようにできるだけ平気な顔を保とうとした。スプリンセを退職したのは「テキスタイルデザイナーとして独立したくて」という理由にしたからこそ仕事場の環境を整えるための準備を少しずつ進め、どんなに食欲がなくてもできるだけ食べ、話しかけられたら笑顔をつくって返事をする。

とはいえ、苦しいときにできるだけ無理の少ない状態で過ごすのは防衛本能だ。自分にできる最も有効な手段で心を守るべく、流衣は起きている間、ほとんどずっと絵を描いて過ごすようになった。集中していれば時間が経つのが早いし、頭の中を空っぽにできる。

退職して数日たったある日の午後、リビングのベランダから庭を見ながら無心に絵筆を動かしていたら頭上から声が降ってきた。

「あなたらしくない絵ね」

いつの間に近くにきていたのだろう。たった今目が覚めたような気分で見上げると、腕を組んで斜め後ろに立っていたオリヴィアがため息をつく。

「シューったら最近ぼんやりしすぎよ。話しかけても生返事が多いし、この絵も色が暗く濁っていて全然あなたらしくない」

「そうかな……」

「そうよ」

断言されて視線を落とし、いまさらのようにスケッチブックを覆《おお》う色合いに気付く。胸中の悲しみや不安、痛みが色になって流れ出た感じだ。

「気分転換をした方がいいわ。お出かけしましょう」

「……ごめん、外に出たい気分じゃなくて」

瞳を伏せて断ると、オリヴィアが隣に膝をついた。そっと肩に腕を回される。

「流衣、一人にならないで。今のあなたは心配だわ」

「シュー」ではなく「流衣」と呼びかけてくるときは、オリヴィアにも余裕がなくなっているときだ。それだけ心配をかけてしまっている。平気なふりをしようとしているのに、なかなかうまくできないことに自己嫌悪に陥る。

無意識のため息をついて、流衣は義母の心配をかわすためだけに頷いた。オリヴィアは無言で、本心を見透かすようにじっと見つめてくる。愛情深い義母は昔からこういうところが容赦ない。

（大事に思ってくれてるのをわかっていて、放っておいてほしいなんて思ったらいけないんだろうけど……）

でも、今はぼんやりしていたいのだ。せめて痛みが薄れるまでうずくまって丸くなっていたい。——いつ痛みが薄れるのかは、自分でもわからないけれど。

本音を言うと、一生この痛みはなくならないんじゃないかと思っている。

ラファエルを手放しても生きていけると思っていた。彼の今後の人生を思うなら別れるべきだというのは納得できているし、きらめく思い出さえあれば自分はちゃんとやっていけると思っていた。

それなのにラファエルを失ってから、魂を半分に引き裂かれてしまったかのように苦しい。ずっと胸が痛くて、息をするのもうまくできない気がする。

流衣の瞳に何を見て取ったのか、オリヴィアが痛ましげな顔になった。

「……流衣、忘れないで。神様は乗り越えられない試練はお与えにならないのよ」

目を瞬く。

幼いころから流衣が落ち込むたびに義母が口にし、かつて自分もラファエルに送った言葉。

この言葉が嘘か本当かなんてわからない。だけど、信じることで支えになるのだということをいまさらのように理解する。

そうだ、いつまでもこの痛みや苦しみが続くわけがない。どんなに深い傷だっていつかは治る。痕《あと》が残ったとしても、生きている限り治るはず。

だから自分にできるのは、とにかく前を向いて歩こうとし続けること。生きていること。

傷口にかさぶたができるまでの辛抱だと自分に言い聞かせて、一日一日を乗り越えてゆくだけだ。

「はい、行ってらっしゃい、シュー」

翌日、夕飯の席でにっこりしたオリヴィアにチケットを差し出された流衣はきょとんと目を瞬く。

渡されたのはフライトチケットだ。フランス行き、明日午前の便。

「これは……?」

「気分転換にフランスのおばあちゃんたちのところにでも行ってみる? って聞いたら、うんって言ったじゃない」

「い、言ってないよ」

まったく記憶になくてかぶりを振るのに、オリヴィアはにんまり笑って豚ヒレ肉のハーブファルシの皿と共に父親に話題を差し出す。

「昨日の晩ごはんのときに言ったわよねえ、あなた」

「言ってたねえ、流衣は心ここにあらずではあったけど」

口ひげをひねりながらの父親の返事に唖然《あぜん》とする。要するに両親は、息子の生返事を利用して旅行の同意を得たらしい。

「な、なんでこんな……」

「流衣は最近塞《ふさ》いでばかりだからね。気晴らしに行ってきなさい」

「そうよシュー、もうおばあちゃんたちにも連絡しちゃったんだから」

しれっと言われたけれど、流衣をすごく可愛《かわい》がってくれている義理の祖父母が待っている時点で退路は断たれたも同然だ。「行かない」なんて言って祖父母をがっかりさせるような真似はできない。

（でも、フランスにはエリオスの本社があるのに……）

複雑な気持ちになったものの、ラファエルと会わないためには日本にいるより渡仏した方がいいのかもしれないということに流衣は気付く。手紙を受け取った彼が怒って直接話をしようと思った場合、日本に来るはずだから。

クリスマスと年末年始を来月に控えたこの時期、ホテル業のトップであるラファエルはいつも以上に忙しいからわざわざ会いには来ないだろうとは思う。でも万が一に備えて身を隠しておいた方が安心だ。もし彼と顔を突き合わせた状態で問い詰められたら、自分はきっと嘘をつき通せない。

そう思うと広大なフランスの地で、多忙な副社長が気軽に来られないくらい田舎にある祖父母の家は隠れ家にうってつけだった。

「行く気になった？」

両親に顔をのぞきこまれた流衣は、少しだけ逡巡《しゅんじゅん》してからこくりと頷いた。

【6】

祖父母の家のある村は、七年前からずっとまどろんでいたかのように驚くほど変わっていなかった。変わったのは当時夏だった風景が秋の終わりになっているだけ。

葉を落とした冬木立、ところどころに鮮やかな黄色や赤茶に紅葉した広葉樹。朝早いせいか上の方はうっすらと靄《もや》がかかっている。

早朝の田舎道を散歩しながら、環境を変えたのはよかったとしみじみ流衣は思う。ずっと沈んでいた気持ちがフランスの田舎の豊かな自然、広い空に囲まれたことで少し穏やかになったような気がする。

「……未練たらしいこともしてるんだけどね」

今はもう花が咲いていない大きなオレンジの木の下に到着して、苦笑する。

フランスに来て一週間。流衣は毎日を七年前の夏休みの初めのころと同じように過ごしている。義理の祖母が作ってくれたお弁当を持って朝から出かけ、日が暮れるまで絵を描いている。

オレンジの木の下にキャンバス地のバッグを敷いて、スケッチブックを膝の上に広げた。

もちろんせせらぎを挟んだ向こう岸に賢いコリーは姿を現さない。森の奥にラファエルだっていいない。そんなのわかっている。

それでも面影を求めるように流衣は七年前と同じ時間になると思い出の場所に来てしまう。ここでせせらぎと森の絵を描きながら、思い出をなぞるように筆をすべらせている。

同じような絵が何枚も、何枚も増えてゆく。でも描かずにはいられない。胸の奥に押し込めている感情を描くという形で吐き出さないと、とても困ったことになりそうな予感がずっとあるから。

冷たい風に身をすくめた流衣は、スケッチブックに降ってきた一葉を拾って顔を上向けた。見ている先で、またオレンジの木から乾いた葉が何枚か風に飛ばされる。

「今日は風が強いなあ……」

ニットの帽子をかぶってくればよかったかも、と思った直後、ふいに胸の奥に思い出がよみがえった。

ああ、早く描かなきゃ、と焦って絵筆を手に取ったものの描き始めたのが少し遅かった。気を紛らわせることもできないままに記憶が映像となって目の前に勝手に浮かぶ。

ラファエルに初めて会ったのも、七年前の風の強い日だった。

突風に帽子が飛ばされて、それをアレクサンドルがキャッチしてくれて、せせらぎを渡ったことで流衣はラファエルの世界に図《はか》らずも足を踏み入れてしまった。

目許を包帯で覆われていたやさしい人。互いの感情を伝え合うために絡めた手。別離。再会。恋人として過ごした時間。

強い風にあおられたように思い出と感情が一気に溢れ出した。筆を持つ手が震える。

二度と会えないと思っていた人と再会できた。本当なら住む世界が違う人なのに、半年近くもの間恋人にしてもらえた。

それは普通ならありえないような奇跡的な恋だった。

十分に愛してもらった。これ以上望んでラファエルの将来をめちゃくちゃにするなんて流衣にはできなかった。

だけど。

水彩画がゆらゆらと滲む。ぱたぱたっとスケッチブックに雫《しずく》が落ちて一瞬視界がクリアになる。そしてまた揺らめく。

自分で選んだことだから後悔はしない。それでも胸が引き裂かれてしまったかのようにずっと苦しい。家族に心配をかけたくなくて懸命に抑え込んでいたのに、涙のせいでとうとう感情の堰《せき》が切れた。

痛みをこらえるようにスケッチブックの上に上体を丸めて、流衣は肩を震わせた。

本当はずっとラファエルといたかった。離れたくなんかなかった。

自分がみんなに祝福されるような、彼を幸せにできるような存在だったらよかったのに。

手放すしかなかった恋に、流衣は泣いた。誰も通らない早朝のこの場所だからこそ泣くことができた。ぼろぼろと尽きることがないように涙は溢れてくる。

息をするのもままならないくらいに泣いていると、どこからか「くぅん」と心配そうに鼻を鳴らしているような音が聞こえた。

空耳かもしれないと思いつつも、幻でもいいからその姿を見たくてしゃくりあげながら顔を上げる。

涙でぼやける対岸に見えたのは、森を背景に白と茶のふわふわしたかたまり。

数回、瞬《まばた》きをした。ゆらめく輪郭が少しだけクリアになる。それでも白と茶のふわふわは消えたりしない。

「アレクサンドル……?」

震える喉から掠れた声で呼びかけると、対岸のセーブルのしっぽがふさりと右から左へと揺れた。

大きく目を見開いて、よろよろと立ち上がる。

「アレ……」

「わんっ」

信じられずにもう一度名前を呼ぼうとした流衣より先に、アレクサンドルが声をあげた。呼びかけに答えるためというより、誰かに知らせるように。

まさか、と信じられない思いでアレクサンドルの背後の森に大きく見開いた目を据えていると、朝もやにけぶる木々の間から背の高い人物が現れた。流衣がずっと会いたいと切望していた姿が、幻影として立ち現れるみたいに。

やわらかな朝の光にきらめく金色の髪、深い海のような美しい青い瞳。気高く優美な、大天使の名前がよく似合う美貌の男性。

夢を見ているのだと思った。

現れた姿を信じられずに呆然と立ち尽くしていると、アレクサンドルを従えて対岸に立った彼が微笑んだ。

「おはよう、ルイ」

「お……はよう……ございます……」

一方的な別れの手紙を送りつけられた相手にしては、あまりにも穏やかで、あまりにも普通すぎる朝の挨拶。現実感のなさに、やっぱりこれは夢に違いないと思いながら流衣は震える声を返す。と、彼の笑みが消えた。

「バカンスにはここに来たいって言っていたけど、私に黙ってたらアレクサンドルには会えないよ。この子は普段、パリの家にいるんだから」

静かな声で言われたのに、ざっと血の気が引いた気がした。

夢じゃない。とても現実とは思えないけれど彼は本物のラファエルだ。

悟った瞬間、きびすを返していた。とにかく会ったら駄目だという気持ちが先に立って反射的に駆け出す。

「ルイ、待ちなさい！」

いつになく強い声の制止を振り切るようにして全力で走る。直後、背中に勢いのある何かがぶつかってきて流衣はべしゃっと転んだ。

何が起きたのかわからなかった。だけど、背中に乗っているふさふさ感、自分の呼吸とは違うリズムのはっはっと短い呼吸——アレクサンドルに捕獲されたのだ。

（ど、どうしよう……！）

信じられないことの連続にパニック状態で倒れたままでいると、艶《つや》やかな黒い革靴が駆け寄ってくるのが見えた。

「大丈夫？」

地面に立て膝をついて助け起こしてくれたのは、夢でも幻でもなくやっぱりラファエルだ。立ち上がった後も腕を摑《つか》んだままのラファエルが、無言で流衣の服から土や草を払ってくれる。

近くには牧羊犬の才能を発揮したばかりのアレクサンドル。摑まれている腕といい、主人に忠実な見張りといい、とてもじゃないけど逃げられそうにない。

青くなってうつむいていると、ラファエルがそっと髪に触れた。

「怪我《けが》はない？」

怒っているとばかり思っていたのに思いがけないくらいにやさしい声、変わらない仕草。言葉にできないような感情に胸の奥が熱くなる。

動揺しながらもとにかく頷いて、おずおずと長身を見上げた。

「あの……、どうして、こんなところに……？」

「恋人を迎えに」

「！」

真顔で言われた「恋人」は明らかに流衣のことだ。まだそう呼んでくれることを嬉しいなんて思ってしまう反面、どうしたらいいのかわからなくなる。

「手紙を、読んでくださったんじゃないんですか……？」

視線をそらして確認すると、さっきの涙で濡《ぬ》れている流衣の頬を指先で拭《ぬぐ》ってくれたラファエルが呆れたように嘆息した。

「読んだよ、ひどいものだったね」

「ご、ごめんなさ……」

「あんなに下手《へた》な嘘の手紙で、私を騙せると思ったの？」

一方的な別れの通告に怒っているのかと思いきや、彼の「ひどい」の感想は違う部分にかかっていた。

「仕事で優遇してほしくて私の探していた『ルイ』のふりをしていた人が、新ホテルのテキスタイルはパーティの前にスプリンセで九割方決まってたと聞いてあんなにほっとした顔を見せるわけがないだろう。二人で一緒にいる間、きみは私が働きすぎていると心配してくれることはあっても仕事内容を聞いて自分を売り込もうとしたこともないしね」

「そ、それは……」

なんとか言い逃れようとしたのに視線で止められる。

「きみは気付いていないのかもしれないけれど、あの手紙は『ルイ』のふりで私を騙していたことが申し訳ないから別れたいと言ってはいても、私のことを好きじゃないとは一言も書いていなかったよ。つまり、偽物だろうと本物だろうときみが私に見せていた気持ちに嘘はないということだ」

返事はできないものの、思い返してみたらその通りだ。

偽物が彼の探していた『ルイ』を騙《かた》っていた時点で失望されると思っていたし、嘘が苦手な流衣はラファエルを「好きじゃない」なんていう心にもないことを書くこと自体を思いつきもしなかった。

おろおろと瞳を伏せると、言い聞かせるような真剣な声が頭上から降ってくる。

「いいかい、私にとっていちばん大切なのはきみが私を愛してくれているかどうかということだ。もしきみが思い出のルイじゃなかったとしてもそんなのはもうどうでもいい。私にとってのルイは、きみしかいないんだよ」

熱烈な言葉は、嬉しいけれど苦しい。

困り果てて黙り込んでしまった流衣に吐息をついて、ラファエルがやさしい声で告げた。

「まだ逃げたい？　きみがどうしても私といたくないというのなら、逃げればいいよ。もう追いかけない」

「……っ」

自分でもわがままだと思うのに、彼に見捨てられたのだと思うと息が止まりそうになった。泣いてしまわないように奥歯を嚙みしめると、するりと黒髪に指を絡めた彼が続けて囁く。

「でも、これだけは覚えておいて。私はずっときみのことしか愛さない。きみがどれほど遠くにいようと、二度と私を思い出さなくても、私はこの先一生、きみだけを想って生きてゆくよ」

じん、と胸が熱くなった。目の奥まで熱くなる。今にも落ちそうな雫を瞬きしないことでなんとかこらえて、流衣は震える声を絞り出した。

「……そんなのは、いけません……。僕はあなたにふさわしくないのに……」

「誰がそんなことを決めるの？　自分にふさわしい相手かどうかは、私が決めるよ」

きっぱりとした断言は珍しく叱る口調。顔を上げさせられて、瞳いっぱいに満ちていた涙が目尻を伝った。

ふ、と笑ったラファエルが目許にキスを落とし、涙を吸い取ってくれる。すっかり馴染んだやさしい仕草に胸が苦しくなる。自分じゃ駄目なのに、と思うのに、彼に選んでもらえることがどうしても嬉しい。

「もう、どうしたらいいのかわかりません……」

「うん?」

「あなたを幸せにしたいんです……。そのためには僕じゃ駄目なのに、重荷になんて絶対になりたくないのに、あなたの言葉が嬉しくて、ずっと側にいたいなんて思ってしまうんです……」

涙の混じった声での告白に、ラファエルがにっこりした。

「それでいいんだよ、ルイ。私を幸せにしてくれるのはきみだけだ。私のために身を引こうとしてくれたのはわかっているから、ルイが気に病《や》まなくてもいいようにちゃんと話をつけてきたよ」

「え……?」

戸惑う瞳で見上げても、ラファエルはそれ以上は説明せずに背中に回した手でオレンジの木の方へ促した。

「詳しいことはうちに着くまでに話してあげる」

「で、でも……」

彼の言う「うち」はヴァロア家の別荘、流衣には入りづらい場所だ。それなのにラファエルは躊躇《ちゅうちょ》している流衣を置いて、長い脚でひょいとせせらぎをまたいで向こう岸に渡ってしまう。

振り返って、ゆったりと両手を広げた。

「おいで、ルイ」

そう言われても、流衣にとっての問題は何も解決されていない。自分を受け入れてくれるはずもない家の敷地に図々《ずうずう》しく自ら乗り込んでゆくなんてハードルが高すぎる。

眉を下げてしまうと、じっとこっちを見つめているラファエルに告げられた。

「ルイ、私を信じなさい。私は必ずきみを幸せにする。だからルイも、私を幸せにしてくれないか」

真っ直《す》ぐな眼差し、真剣な声に、彼の意図を流衣は悟る。入りづらい場所、流衣にとっての別世界だからこそ、自分の意思で彼の手を取らないといけないのだ。

震える唇で、数回、深呼吸した。まだわからないことばかりだし、ラファエルのためにならないかもしれないと思う。

それでも。

(ラファエルを、信じよう)

彼の幸福が自分と共にあるのなら、もう逃げない。

大きく息を吸ってから、勢いをつけて飛ぶ。

向こう岸に足がつくなり、恋人の体で包み込むようにしてしっかりと抱き留められた。


広大な庭に張り巡らされている煉瓦《れんが》のプロムナードをたどって、スケッチ用の道具が入っているバッグを引き受けてくれたアレクサンドルに従われて別荘に向かう途中、流衣はラファエルが手紙を受け取った後の経緯を聞いた。

「きみが忙しいというから電話もメールも仕方なく我慢していたところに、あんな手紙がきてびっくりしたよ。でも、逆に納得できた」

「納得……ですか？」

「最後の夜、ルイの様子がおかしかった理由がわかったからね。日曜のビジネスランチパーティに行くまできみはいつも通りだったから、私の不在中に何かがあったという予測はついていた。私とルイの邪魔をする理由があって、きみに直接話をするような人物なんて限られているからね……ガブリエルを呼び出して、ぜんぶ話してもらったよ」

口調は穏やかなままなのに、ガブリエルの名前が出たところでどことなく迫力が滲んだ。

紳士としていつも自分を律しているラファエルは優雅でやさしい人だけれど、何があったか瞬時に看破したらしいことも含めて中身はやり手のビジネスマンだということを実感する。

ガブリエルがどんな尋問を受けたのか少し心配になったけれど、ラファエルは一瞬後にはいつもの雰囲気に戻っていた。

「とにかくルイを取り戻さないといけないから、予定していた親族会議で話を通してから大至急で仕事の都合をつけて日本に渡った。それなのにきみはとっくにスプリンセを辞めていて、訪ねて行った実家にもいなくなっていた。だから、きみのお母さんにどうして私がルイを探さないといけないのかすべて話して、行き先を教えてもらったんだ」

「す、すべてって……」

「すべてだ」

にっこりして言われて、めまいを覚える。要するにラファエルは「自分は流衣の恋人で、別れ話を撤回させるために探している」と義母に明かしてしまったということだ。

真っ赤になって座り込みそうになった流衣に、穏やかな声がさらなる打撃を与えた。

「そんなにショックを受けなくても、きみのお母さんは気付いていたよ」

「え……!?」

「相手が私ということまでは知らなかったようだけれど、ルイの恋人は男性らしいというのはね。オリヴィアによると、ルイはこれまで泊まりがけで遊びに行くようなことはなかったのにしょっちゅう外泊するようになって、急に携帯の電話やメールを気にしてそわそわするようになったんだって？　それで恋人ができたに違いないと思っていたらしいよ」

「で、でも、それだけで恋人が男の人だとは……」

「しょっちゅう花束を送ってくる『彼女』はいないだろう？」

「！」

いまさらのように自分のうかつさを思い知る。ラファエルがいつも添えてくれるカードの筆跡は優雅だけれど女性的ではないし、送られてくる花束を流衣はスケッチまでしていた。なんとも思ってない人からのプレゼントだったら毎回絵までは描かないだろう。

それに、たぶん移り香も証拠になったんじゃないかと思う。以前「今日はいいトワレをつけているわね」とオリヴィアに言われて「つけてないけど……？」と返したとき、何か納得した顔になっていたから。思い返してみるとつくづく恥ずかしい。

とりあえず、流衣の行き先を教えたのならオリヴィアはラファエルとの関係に反対していないということだ。オリヴィアが味方なら父親からの反対もたぶんない。

思いがけずに柚月家の方は受け入れ態勢が整っていることが判明したけれど、問題はヴァロア家の方だ。

眉を曇らせている流衣にラファエルが言う。

「解決できそうにないくらい難しく見える問題は、往々にして本質が見えていないか本質を見誤っているかのどちらかだよ。少し考えてみようか、ルイ」

「……問題の本質を、ですか？」

「そう」

頷いた彼が、まるで先生のような口調で人差し指を立てる。

「ルイが私から離れないといけないと思ったのはどうして？　一言で言ってごらん」

「えっと……、僕がいるとラファエルがヴァロア家のトップに立てないからです」

「それのどこがよくないと思ったの？」

「……よくないですよね？　あなたにはトップに立つだけの才能があって、そのために努力してこられたのに僕のせいで諦《あきら》めないといけなくなるんですよ？　あなたはヴァロア家を背負うために生きてきたと以前おっしゃってましたし、周りの期待に応えられないとつらくなるんじゃないかと……」

さらに言いつのる前にあっさり頷かれた。

「うん、きみは正しいよ。自分で言うのもなんだけど、私は努力してきた甲斐もあって人より仕事ができるし、一族のために自分の能力を活《い》かしたいと思っている。もちろん周りの期待にもできるだけ応えたいよ。だけどそういう感情的な部分を含めた諸々《もろもろ》をとりあえず置いておいて、すべての問題がどこから発生しているか見極めることが大事なんだ。根っこがわかれば今回の解決策は簡単だ。私がエリオスの社長候補から外されなければいい」

眉根が寄ってしまう。流衣は隣をゆったりした速度で歩いている彼を見上げた。

「でも、エリオスのトップはヴァロア家の当主がなるんですよね……？」

「慣例的にはね。最も有能で人格的にも優れているとして親族会議で選ばれた人物だからこそ家督を継ぎ、企業でもトップに立つという考え方だ。それはそれで理にかなっていてうちらしいんだけど、一人の人物が両方を引き受けることに必然性はないだろう？」

少し考えて、はっとする。

「当主と社長は分業にできるってことですか？」

「そういうことだ」

にっこりして頷いて、ラファエルが続ける。

「ヴァロア家の当主の役割としては、家の代表として社交の場に出て人脈を広げ、それをビジネスにフィードバックさせるのがメインだ。渉外担当ってことだね。一方でエリオスの社長は実務担当で、一族のために会社を安定的に発展させる経営を望まれる。今までは一人の人物が引き受けるのが当然だったから一族の誰も特に疑問を感じていなかったんだけれど、役割としては別物なんだよね」

最初から当然のものとしてあると基本的なことさえ見逃してしまいがちだ。だけど視点を変えてみることで、問題解決の糸口が見えることは多い。

今回ラファエルは当主と社長を分業にするという案を親族会議に提出して、無事に通してきていた。実は最初からそのつもりで招集をかけていたらしい。

「当主と社長を分業にしてしまえば、ルイの懸念は解消すると思わないか」

にっこりして言われたけれど、あれだけ出口がないと思い込んでいた問題がこんなにもあっさり解決するなんてちょっと信じられない。

「え……と、それは、つまり……」

自分が間違えて理解していないか言いよどむと、さらりと彼が引き取った。

「ヴァロア家の当主は渉外の最も得意な人材、エリオスの社長は実務にいちばん長《た》けた人材がそれぞれに継ぐことになる。……このままいくと、エリオスのトップは私だね」

悪戯っぽい口調で足された言葉には、笑ったらいいのか驚いたらいいのかわからない。でも確かに、ラファエルがエリオスの社長に就くことができれば彼の能力や努力を無駄にすることはないし、周りの期待にもちゃんと応えることになる。

「ちなみにヴァロア家の当主は私の予想だとガブリエルになると思うよ」

「……あなたは、それでいいんですか？」

「もちろん」

「でも……以前はご自分でヴァロア家を継がれるおつもりでしたよね……？」

七年前のことを思い出して聞いてみると、彼が首肯《しゅこう》した。

「あのころは私も当主と社長は同一人物がなるものだと思い込んでいたし、紳士たるもの苦手は克服すべきだと思っていたからね。もちろん今でも苦手なものは減らしていきたいとは思っているし、私が行くべきところは行くけれど、正直なところ頻繁にパーティに出かけて人脈を広げることを求められる立場なんて喜んで他の人に任せるよ」

苦笑混じりの言葉が本心だと流衣にはわかる。

壮麗な屋敷が木々の間に見えてきた。お城のような建物へといざなわれながら、流衣はじわじわと湧《わ》いてくる実感に鼓動が速くなるのを感じる。

信じられないけれど、ラファエルは流衣といるために、流衣に自分を選ばせるために、これまでの慣例を覆《くつがえ》して新たな道を作ってきてしまった。

「ルイと将来的にも一緒にいたいというのは、再会したときからずっと考えていたことだったんだ。知れば知るほどきみのいない人生なんてありえないと思うようになっていたからね。そのためにはどうすればいいのか考えていたときに、ヒントをくれたのはルイだったんだよ」

「僕が……？」

「きみと話してから、一人の人間がすべてを背負う必要性はないと思えるようになったんだ。『自分以外の人を信じて、向いている人には任せる』という形を試してみて、その方がうまくいくことを私は知った。おかげで当主と社長を分ければいいというシンプルな解決策に気付けたんだ」

まさかラファエルの体を心配して言ったことが最終的に自分を救ってくれるなんて思ってもみなかった。

不思議な感慨に何を言ったらいいのかわからずにいる間に、とうとう屋敷の前、どっしりと大きな扉の前に到着した。

「ルイ、きみの心を曇らせる不安はまだ残っている？」

答え次第で彼の世界ともう無縁でいられなくなる。でも、迷いはなかった。

たとえどんな困難が待ち受けていたとしても、ラファエルと一緒なら乗り越えられる。いや、乗り越えてみせる。

自分をこれだけ求めてくれる人、流衣と共に幸せがあると言ってくれる人から離れるなんてもうできないし、したくない。流衣の幸せと生きる喜びも、ラファエルと共にあるのだから。

真っ直ぐに恋人を見上げて、流衣は心から答えた。

「いいえ。あなたとなら、何も怖くありません」

「よし《ボン》」

にっこりしたラファエルに抱きしめられて、いるべき場所に帰ってくることができたような深い安堵《あんど》に包まれた。胸の奥から湧き上がってきた感情に潤む瞳を瞬きで抑えていると、そっと頬を手のひらで包まれて上向かされる。

雫《しずく》にきらめくまつげに気付いた彼が、やわらかく笑った。

「どうして泣くの、愛しい人《モン・シェリ》」

「……あなたの元に帰れて、幸せなんです」

「よかった、私もだ」

美しいサファイア色の瞳に見とれているうちに距離がなくなってゆく。合わさるのが当然のように、唇が重なった。

心の底から、満ち足りる。

後頭部と腰に回った大きな手で支えられているせいで、ほんの少しの休憩を入れる間もなくやさしいキスの快楽に酔わされてしまう。ふいに、ふわりと足が浮いた。ラファエルに抱き上げられたのだ。

ゆっくりとキスをほどかれて潤んだ瞳を開けると、額にキスを落とされた。

「目を閉じてていいよ。きみは恥ずかしがりやだから」

「……？」

どういう意味かわからないのに、低い囁き声に魔法にかけられたように瞳が勝手に閉じてゆく。厚い肩に頭をつけるように促されて、素直にあずけた。

ふわふわする。抱いて運ばれているらしい、とぼんやりした頭で気付いた直後、ドアが開く音がして慇懃《いんぎん》な声が響いた。

「おかえりなさいませ、探しものは見つかられたので？」

びくーっと肩が跳ねた。まさかの第三者。

予想外の展開すぎて目が開けられない。恋人の肩に真っ赤になった頭をさっき以上にくっつけて、どこかに隠れたい思いでいる間にもラファエルが落ち着いた足取りで屋内に入ってゆく靴音がする。笑みを含んだ声が頭上で響いた。

「ああ。やっと手に入った。これから堪能するからアレクサンドルのことを頼むよ」

「畏《かしこ》まりました」

年配の男性の声に続いて、わふっとアレクサンドルも了解したらしい声。階段を上がっている気配からして遠ざかってゆく感じがする。

(し、執事さんだ、今の絶対に執事さんだ……!)

考えてみれば、ラファエルが一人でこの別荘に来ているわけがないのだ。しかも流衣をお姫様だっこしている彼は両手がふさがっている。ドアを開けたのは確実にさっきの年配の声の主だ。

ほかにもメイドさんとかいたらどうしよう、と思いつつおそるおそる薄く目を開けてみると、気付いたラファエルがくすりと笑った。

「この階に他に人はいないよ」

言って、流衣を抱いたままで器用に両開きの大きなドアを開ける。ものすごく天井の高い部屋の奥に鎮座しているのは天蓋《てんがい》付きのベッド。当然のように横たえられそうになった流衣は慌てて止めた。

「あの、僕、さっき転んだからいけません……！」

いくらラファエルが払ってくれたとはいえまだほこりっぽい気がする。彼が少し首をかしげて、にっこりした。

「ああ……、じゃあ一緒にお風呂に入ろう。きみがどこにも怪我をしていないかの確認もしたいしね」

「いえっ、一緒は駄目です、入るなら僕一人で……っ」

「二人で」

笑顔のまま強引に訂正した彼は、流衣を横抱きにしているのをいいことに下ろしてくれずにバスルームへと向かう。

恥ずかしがるだけ無駄だった。上機嫌な恋人ほど手に負えないものはない、と流衣は思い知る。バスルームで丁寧に洗われ、怪我がないかすみずみまでチェックされた。もちろん恋人の手と口はそれだけですまさない。

再びベッドに抱いて運ばれてきたときには、流衣は快楽と羞恥に泣かされたせいでぐったりしていた。

「ルイ、大丈夫……？」

ちゅ、と泣き濡れて上気した頬にキスを落としてくれたものの、泣かせた張本人だけに複雑な顔になってしまう。

「不満げだね」

「そんなこと……」

かぶりを振るものの、さんざん煽《あお》られたのに一度も極めさせてもらえなかった体は欲求不満を訴えるように疼《うず》いている。濡れそぼった中心を長い指先でするりと撫で上げられて息を呑《の》むと、先端の露を塗り広げるようにしてから彼がその指を色っぽく舐《な》めて見せた。

「ルイの味がする」

「……っ」

かあっと頬を染める流衣に、ラファエルがスプリングをきしませて覆いかぶさってきた。色を深くした美しい青い瞳で見つめて、吐息をたっぷり含んだ甘い声で囁く。

「きみを口で愛してあげることだってあるのにね。いつまでも初々《ういうい》しい姿は私を堪《たま》らなくさせるよ、愛しい人《モナムール》」

「や……っん……」

何か言うよりも早く唇を深く奪われた。舌を絡めるキスの快楽に酔わされて鼓動が速くなる。

髪を撫でてくれる手も、しっとりと汗ばんだ肌を味わうようにたどる手も気持ちよかった。どこまでも体温と感度が上がって、直接触れられてもいないのにはりつめた先端からとろりと蜜《みつ》が溢れる。

「ラ、ファエル……」

「うん？」

わずかに唇が離れた隙に切羽詰まった声で呼んでも、恋人はどことなく楽しげな表情で少し首をかしげるだけだ。絶対に流衣の状態をわかっているのに。

困り顔になってしまうと、眉間にキスを落とされた。

「ルイ、どうしてほしいか言ってごらん」

「どう……して、今日はそんなことを……？」

これまで淫《みだ》らな言葉を言わせたがるようなことはなかったのに。戸惑う流衣に、ラファエルがやさしげな美貌に似合わない言葉を告げる。

「少しお仕置きしたい気分なんだ」

瞠目する流衣と視線を合わせた彼の眼差しが、叱るような真剣なものに変わる。

「ルイは私にとってのきみの価値を見誤っているよ。きみを失った私が、本当に幸せになれると思っていたの？」

「……」

答えなくても、それが肯定になってしまう。ラファエルが嘆息した。

「きみの控えめでやさしいところを私はこよなく愛しているけれど、それで自分が傷つけられることになるとしたら話は別だ。ルイにはもっと私を欲しがってもらわないといけないし、私の伴侶であることを自覚してもらわないといけない。だから今日は、恥ずかしがりやのきみにとって大変なことをあえて要求するつもりだ」

「そんな……」

「困る？」

頷くと、にっこりされる。

「だからお仕置きなんだよ」

「……！」

この口調と態度からして手加減してくれる気はないらしい。でも、自分が身を引こうとしたことでラファエルを傷つけてしまったことを本人の口から聞かされて、できれば見逃してもらいたいという気持ちがなくなった。

いくら相手のことを想っての行動でも、一方的だとやはり傷つけてしまうのだ。どんなに大変な思いをして苦しむことになったとしても、ちゃんと話しあって、一緒に悩むべきだった。それが二人にとってどんなにつらいことになったとしても、一人で勝手に終わらせたらいけなかった。関係というのは二人が一緒に築くものだ。どれほどの善意からでも、一方的な押し付けは相手の気持ちを無視したことになってしまう。

いまさらのようにそのことに気付いて、申し訳なさに胸が苦しくなる。

「……ごめんなさい、ラファエル」

じっと見上げて謝ると、彼が困ったような苦笑を見せた。

「そんなに素直に謝られたら許すしかなくなるね」

「許してくださらなくていいです……」

怪訝な表情になるラファエルに、流衣は頬が熱くなるのを感じつつ懸命に言い足す。

「あの、お仕置き、ちゃんと受けます……。それから、許してください」

「……本気かい？　きっと私はきみにすごく恥ずかしいことをさせるよ」

脅しのような、それでいてどことなくからかうような口調に鼓動が速くなるのを感じながらも、こくりと頷いた。

「そこまで言ってくれるのなら、断る理由はないね」

くしゃくしゃと髪を撫でてくれる手はすごくやさしくて、全然お仕置きをするつもりの人のものとは思えない。ほっとして潤んだ瞳で見上げると、言葉よりも雄弁に愛を囁くような甘い眼差しと出会う。

「それで、ルイはどうしてほしいの？」

楽しげに聞いてくるけれど、手も声もやさしい。

「キスして、ください……」

間近にある端整な唇に誘われたように小声で答えると、すぐに深く重なった。

ラファエルのキスはものすごく気持ちいい。これから先の交じりあう濃厚な快楽を予感させる口づけにいつも流衣は酔わされ、溶かされてしまう。

震える両手を広い背中に回すと、バスローブのタオル生地に触れた。バスルームを出たときにラファエルが自分だけ羽織ったものだ。なめらかでふわふわの生地は触り心地がいいけれど、恋人の肌を直接感じたくて流衣は無意識にローブを嫌がるように少し引っ張る。重なりあった唇で彼が笑った気配がした。

「どうしたいの、可愛い人《モン・シェリ》」

ほとんどくっつきそうなくらい近くで問われて、唇がざわざわする。とろりと潤んだ眼差しで流衣は答えた。

「さわりたい、です……。ラファエルに……」

「いいよ。好きなようにしてごらん」

軽いキスをくれてから、彼が上体を起こしてローブを脱ぐ。まだ昼前という不埒《ふらち》な時間帯だけに室内は明かりをつけていなくても十分すぎるくらいに明るい。

同性の裸体を見てドキドキするなんて自分でもおかしいと思うのに、彼の見事な体躯《たいく》を目にするといつも体温が上がってしまう。明かりを落としてくれないラファエルと愛しあううちに、流衣もいつしか見ること、見られることにひどく煽情《せんじょう》されるようになってしまったらしい。

なめらかで張りのある素肌と触れあうだけでぞくぞくして、もっとくっつきたくなる。厚みのある体軀に回した両手で抱きしめると、頭上で彼が低く笑った。

「ルイ、可愛いけど物足りないよ」

「あ、す、すみません……」

「もっと触ってごらん。きみの手がどういう風に私を愛してくれるのか、楽しみだ」

流衣の手を摑まえた彼が瞳を見つめながら指先にキスをする。期待されている内容を察して、頰が熱くなって視線が泳いだ。

「あの……上手には、できないと思うんですけど……」

「うん。むしろきみが上手な方がショックだ」

真顔での即答に少し気が楽になって、流衣はドキドキしながらラファエルの逞しい肩からしっかりした胸、引き締まった腹筋、さらにその下へとためらいがちな手を這《は》わせてゆく。

ずしりと重量感のある熱塊をそっと、可能な限り手のひらで包み込むようにすると、彼が少し息を詰めた。その姿が色っぽくて、彼の熱に触れている手だけじゃなくて体全体がじんわりと熱を上げる。

(こんな……大きいんだ……)

いつもラファエルから与えられるたっぷりのキスと愛撫に溺《おぼ》れさせられてしまうせいで、自分から積極的に恋人を愛撫するのは初めてだ。指が回りきらないような気がするほどのものが自分の中に入ってくるなんて信じられないけれど、これがどれほどの愉悦を与えて、乱れさせるかはよく知っている。

優雅で美しい恋人の最も本能的な部分、それが自分のためにこうなっていると思うと嬉しくて、愛おしい。

慣れないなりに流衣は心を込めて指と手のひらで愛撫し、恋人の熱をより重くさせる。彼のものを愛撫しているだけなのに不思議なくらいに自分の方がドキドキして、興奮した。手の中のものを欲しがるように体の奥が疼きだす。

ふ、とラファエルが快感をこらえているかのような吐息をついた。

陶然と潤んだ瞳で彼の表情を見つめていると、いつもより深い青色の瞳で彼が色っぽく笑んだ。

「どうしたの、ルイ。してほしいことがあるなら今日は言わないと駄目だよ」

「……っ」

やさしくて甘いのに、しっかりお仕置きは履行されているらしい。でも、身も心もすっかり煽られたせいで恥ずかしさよりも恋人を求める気持ちが勝《まさ》ってしまった。

真っ赤になって瞳を伏せたものの、流衣は震える唇を開く。

「……欲しいです、ラファエル。あなたの……これを、僕に入れてください……」

「いい子だ、可愛い人《ミニョン》」

甘い声で答えた彼が褒めるように髪を撫でてくれた。背中に回った腕で抱きしめられたと思ったら、ぐるりと世界が回る。

「え……」

密着した逞しい体の上で目を瞬いた流衣は、はりつめた自分の中心と触れあった状態で腹部を押している大きな熱の塊がラファエルの雄だということに気付いて、かあっと頬を染めた。

「あ、あの……っ」

「うん？」

にっこりする恋人に何を言えばいいのかわからないでいる間に、彼は腕を伸ばしてさっき脱いだローブを引き寄せ、ポケットからボトルを取り出した。

「シャワーのときにほぐしたけど、ルイがつらいといけないからね」

用意周到な恋人は片手でボトルの蓋《ふた》を開けて、流衣の谷間にローションを垂らす。ほてった肌にひやりと感じられる液体に身をすくめると、黒髪に軽いキスをくれた。

「すぐに温かくなるから少しだけ我慢して」

「は、はい……」

頷いてはみたものの、この体勢のまま蕾《つぼみ》を弄《いじ》られることになるとは思わなかった。肌が密着しているせいで硬い胸板に押しつぶされているつんととがった胸の突起、はりつめている自身からも身じろぎするたびに快感が湧き起こって煽られる。

指を抜き差しするたびにぐちゅぐちゅと音が立つようになるまで、ローションを注ぎ足しながら蕾をほぐされた。バスルームで一回も出させてもらえずに熱が溜《た》まっていた体は、準備されているだけだとわかっているのに入口が収縮してもっと奥へと長い指を引き込もうとしてしまう。

「ルイの中、すごく熱くなって私の指に絡んでくるね。奥まで入れたら気持ちよさそうだ……」

熱を帯びた低い声に、鼓膜の震えが全身に渡る。

「ラ……ファエル……、もう……」

「欲しくて堪らない？」

泣きそうな顔で頷くと、くすりと笑った彼がそろえた指をずるりと引き抜いた。それだけで身を震わせてしまう流衣の頬を大きな手で包み込んで、ラファエルが顔を上げさせる。

深い海の色の瞳で視線を合わせた恋人が、このうえなく美しい笑みと共に命じた。

「それじゃあルイ、自分で私を飲みこんで見せて？」

「じ、自分で……？」

大きく目を見開くのに、「そうだよ《ウィ》」と恋人はあっさり答えるだけだ。困り顔になってしまうものの、「すごく恥ずかしいことをさせる」と予告されていたのに「お仕置きを受ける」と申し出た身としてはいまさら容赦を求められない。

「わ……わかりました……」

こくりと唾を飲んで、仕方なく彼の上で体を起こしかけた流衣は途中で止まる。

（どうしよう、ぜんぶ見られちゃう……）

あおむけに寝転んだ彼の熱を流衣が自ら飲みこむということは、そのときの表情や勃《た》ちきった自身を見られるだけじゃなくて、後ろで飲みこんでゆく様子までわかるんじゃないだろうか。

おろおろしていると、くすりと笑った彼に髪を撫でられた。

「もう許してあげようか……？」

どこまでも流衣に甘くて、やさしい恋人。甘えてしまいたくなったけれど、かぶりを振った。甘えてしまったら、彼を傷つけた自分の罪をちゃんと償えないような気がして。

はしたなく発情している姿をしっかり見られる羞恥に全身が染まるのを感じながらも、流衣は恋人の腰をまたいだ状態でゆっくりと体を起こし、膝立ちになる。

「あんまり、見ないでください……」

じっとこっちを見つめている彼に涙目で頼むと、無言でにっこりされた。笑顔なのに、頼みを聞いてくれる気がないのがわかって眉を下げてしまう。

でも、これもお仕置きの一環だと思えば受け入れるしかない。震える息をついてから、恋人の長大な熱に片手を添えておずおずと自らの蕾にあてがった。

思い切って腰を落とそうとしたのに、緊張して小さな口が開ききらないせいかうまく入らない。ぬるん、と表面を嬲《なぶ》っては逃げられてしまう。感じやすい蕾を擦《こす》られているだけで息が乱れてしまうものの、そんな姿を恋人の美しい瞳で見られているのはいたたまれない。どうしよう、と何度やってもできないことに瞳が潤む。ちゃんと最後まで言われた通りにしたいのに、と困り果てた流衣は、最終的に恋人の協力を求めた。

「あの……、て、手伝ってください……、ラファエル……」

ふ、と色っぽく笑んだ彼が肘《ひじ》をついて、少し上体を起こす。

「いいよ。おいで、愛しい人《モナムール》」

片手を伸ばされて彼の方に身を倒すと、深く口づけられる。口内を艶《なま》めかしく愛撫しながら大きな手で髪を撫でられるのにぞくぞくしていたら、その手が薄紅色に染まった耳へと移動し、指先で中まで軽くくすぐってからするりと首に移った。さらに細い肩、胸、わき腹から腰へとゆっくりとたどられて、感度の上がった肌が堪らなくさざめく。

いつの間にか腹筋で上体を起こしていた恋人は、流衣に深いキスを与えながら両手で小ぶりの双丘を左右に割り開いた。蕾に触れていた熱がぐうっと圧迫感を強める。

「ん、ふ……っ、んんぅー……っ」

舌を絡めるキスの快楽で体に力が入らなくなっていたおかげで、今度はたっぷりとした熱の先端を飲みこむことができた。そのままずぶずぶと太いもので奥まで満たされてゆく感覚に、全身が甘く痺れて総毛だつ。

最奥まで満たされると同時に、押し出されるように先端から蜜が溢れた。我慢する間もなく、びくびくと身を震わせて達してしまう。

流衣が熱を吐き出し終えたところでキスをほどいた彼が、唇を舐めて色っぽく笑んだ。

「ルイ、飲みこんだだけで達してしまったね……。私のがそんなに気持ちいい？」

「……気持ちいい、です……」

熱っぽい眼差しの問いかけにとろりと潤んだ瞳で素直に答えると、堪らないようにきつく抱きしめられた。いっぱいに埋め込まれているもので過敏になっている内壁を刺激されて、つま先まで痺れてしまう。

「や……っ、ラファエル……」

「ああ、ごめん。ルイは達した直後はいつも以上に感じやすくなるからね。中も痙攣《けいれん》しながら絡んできてて、堪らないな……」

はあ、と熱い吐息をつきながらも、ラファエルはどこに触られても身を震わせる状態になっている流衣をゆったりと抱きなおす。

「私を受け入れただけで満ち足りてしまうなんて、どうしてきみはそんなにも可愛いんだろう……。愛してるよ、ルイ。きみのいない人生なんて考えられない」

情感のこもった甘い囁きに、鼓膜から溶かされてしまったような気がした。震える両手で厚みのある逞しい体を抱きしめ返して、乱れた呼吸の合間に心からの言葉を返す。

「僕も、ラファエルを愛しています。ずっと、あなたの側にいたいです……」

厚い肩にあずけている流衣の頭を褒めるように撫でたラファエルが、低く囁く。

「ルイ、顔を上げて。きみが見たい」

甘く低い声にねだられて、なんとか上げると間近で視線が絡まった。

溺れてしまいそうな深い海の色。綺麗で、愛おしくて、高鳴る胸が甘く痛む。

幸せな気持ちが勝手に溢れるように瞳に満ちる涙を、やさしいキスで彼が吸い取ってくれた。続けて目許や頬、唇の端にキスの雨を降らされる。快感を煽るわけじゃなくて、なだめてくれるようなやさしいキス。

内壁で感じるラファエルのものは脈打つほどなのに、達したばかりの流衣を気遣って動かずにいてくれる恋人に胸がじんわりと温かくなった。

絶頂の余韻が収まってくると、彼のものが脈打つたびに中から甘い痺れが渡って奥が疼くようになる。それでもまだ、恋人は軽いキスから進もうとしない。

「ラファエル……」

「うん？」

「お仕置き、まだ続いているんですか？」

おずおずと聞いてみると、彼が少し瞳を見開いた。それから、くすりと笑う。

「もうお仕置きは終わってるよ。動いてもつらくない？」

「はい……」

真っ赤になってしまいながらも頷くと、細い腰をしっかりと摑まえたラファエルが確かめるように流衣の体を軽く回すようにした。充血しきった内壁への刺激に背をしならせたものの、零れたのは甘く濡れた吐息。

「ああ……大丈夫そうだね」

熱っぽい声で呟いたラファエルが、ゆっくりと抜き差しを開始した。

達して間もない体は感じやすくなっていて、激しくされているわけじゃないのに強烈な快感に指先まで電流が渡るようだった。恋人の膝の上に乗せられて、軽く揺さぶられているだけで腰からぐずぐずに溶けてしまうような気がする。

「ルイ、体を起こしてられないの……？」

「ごめ……なさい……っ……」

恋人の首に腕を回して上体を支えているのがやっとの流衣が涙声で謝ると、低く笑った彼が背中に腕を回した。そのままゆっくりとシーツの方に体を倒す。

「あっ、ひぁっ、あぁあ……ッ」

埋め込まれたもので内部を違う角度で刺激されてびくびくと体が跳ねる。蜜を噴き零す寸前に根本を長い指できつく縛《いまし》められて、高い悲鳴が上がった。

「やぁ、や、ラファエル……っ」

「ん……、ごめんねルイ。まだきみとこうしていたいから、もう少し付き合ってくれるかな……？」

濡れた目許にキスを落として凄絶《せいぜつ》に色っぽい声で囁かれると、「もう少し」で済まないだろうとわかっていても断れるわけがない。愛する人が望むのなら、どんなことでも受け入れたいと思ってしまう。

震える息をついて、流衣は潤みきった瞳で恋人を見上げた。上気した頬を恥ずかしげにいっそう染めながらも心から答える。

「はい……。あなたの好きなように、愛してください……」

「ああもう……きみは本当に愛しすぎるよ」

吐息混じりに呟いた形のいい唇が近づいてきて、深く重ねられる。はりつめた流衣の中心を指で縛めたまま、ラファエルが抜き差しを再開した。

出せないせいでどこまでも熱が溜まって、突き上げられるたびに目の前が白く明滅するようになる。穿《うが》たれるほどに増してゆく快感はもう耐えられない。ぼろぼろと涙が零れるのに、キスで唇を塞がれているせいで止めることもできない。

高まりきった愉悦がふいに鋭く四肢《しし》を貫いて、目の前が一瞬真っ白になった。息もできないような快感に翻弄《ほんろう》されて、唇が離れたことにも気付かずに流衣は甘い悲鳴をあげる。

ゆっくりと大きな波が引いた後も深い悦楽の余韻は残っていた。指先まで軽く痙攣しているけれど、勃ちきったところはラファエルの指で縛められたままだ。達してないのに、達した。

「あ……、な、んで……？」

大きく息をあえがせながら半ば無意識に呟いた流衣に、動きを止めてくれていた恋人が嬉しそうな甘い声で囁く。

「素敵だ、ルイ……。出さずに達してくれたんだね」

「出さずに……？」

「そうだよ。私に愛されているだけできみは絶頂を得てくれたんだ」

ぎゅっと抱きしめられて、全身が過敏になっている流衣は泣き声をあげる。

「あぁっ、や……っ、いま、だめです……っ」

ラファエルが切なげな息をついた。

「そうだよね……。でも、私もそろそろ限界が近い。続けたらつらすぎる……？」

頷いたら、こんな状態なのにラファエルは穿っている自身を抜いてくれるつもりなのだろう。そこまで想ってくれる彼の気持ちが嬉しくて、愛おしくて、流衣は潤みきった瞳で微笑み、かぶりを振った。

「つらくないです……。あなたに愛されるのは、すごく……気持ちいいですから」

堪らないような表情をラファエルが見せて、汗ばんだ額にキスを落とされた。

「ありがとう、ルイ……。愛してるよ」

甘く、とろけるような声を囁きこまれて背筋が震えた。ちゃんと気持ちを返そうにも、言葉にする前に再び息もできないような愉悦に引きずり込まれる。

「……今度は、出しながら達して見せて」

はりつめて濡れそぼった流衣の中心から手を離して、ラファエルが囁く。

大きい抜き差しで過敏になっている内壁を蹂躙《じゅうりん》されると、収まりきっていなかった余韻があっという間に勢いを盛り返した。中で達したばかりの体は流衣の意思など関係なく、奥まで突き入れられるたびに恋人の望むように蜜を溢れさせる。

立て続けの絶頂に目の前が激しくハレーションを起こした。甘い声も涙も止められないままに、流衣は確かなものにすがるように逞しい背中を抱きしめる。

汗みずくの肌が触れあうところから溶けて、互いの体がどこまでも混ざりあってしまうような感覚。わけもわからないくらいに乱され、際限なく溺れさせられてしまう。

「……ルイ、きみの奥に、ぜんぶ注いでいい……?」

乱れた吐息混じりの凄絶に色っぽい声を耳に吹き込まれ夢中で頷くと、きつく抱きしめられ、ひときわ強く突き入れられた。

最奥に溢れるたっぷりとした熱に絶頂の波がいっそう高くなって、つま先まで甘美な痺れが渡る。全身を満たしていた快感が細かい光の粒になってはじけ、ラファエルの愛おしげな腕と一緒になって流衣を包み込んだ。

涙にぼやけた視界に映るのは、美しい海の色。

「ルイ……」

まだ息を乱している恋人が、深く、感動しているような声で名前を呼ぶ。言葉にしなくても気持ちが伝わってくる喜びにとろりと笑んで、流衣も心を込めて愛しい人の名を唇に乗せた。

その甘い声がラファエルにどんな影響を与えるか気付く前に、深く重なってきた端整な唇に流衣の声は再び奪われていた。

【7】

別荘に来てそろそろ一週間。あれだけ多忙を極めていた恋人が長時間外出することもなく、ずっと流衣を側に置いてのんびりと過ごしている。

本人に焦っている様子は全然ないけれど、こまめに数カ国ぶんの経済新聞やネットのニュースをチェックしているビジネスマンらしい姿を見るとやはり心配になってしまう。自分を選んだせいでエリオスの責任ある立場から外されてしまったんじゃないか、と。

「ラファエル、お仕事の方は本当に大丈夫なんですか……？」

アレクサンドルをスケッチしている手を止めて聞いてみると、ソファの隣でノートパソコンを操作していたラファエルがこっちを見て微笑んだ。

「大丈夫だよ」

返事はそれだけ。眉を下げてしまうと、長い腕が腰に回ってきて髪にキスを落とされる。

「私がルイに嘘をついたことがあった？」

「……ないです、けど……」

「大丈夫になるように、この数カ月で体制を変えてきたのが奏功してるみたいだよ。ガブリエルへの荒療治もうまくいったようだし」

「荒療治……？」

きょとんとした顔をする流衣に、恋人はにっこりして思いがけないことを言う。

「詳しいことは後で本人が話してくれると思うよ。さっき居場所を知らせたから今日中にやって来るだろうしね」

「え……！」

兄と別れてほしいとガブリエルに頼まれて、流衣は一度その頼みを受け入れた。なのに現在、賢いアレクサンドルが空気を読んだかのようにたびたび部屋を退出するような日々をラファエルと過ごしているのだ。

ラファエル本人に望まれない限りもう二度と身を引くつもりはないけれど、約束を反故《ほご》にしてしまった身としてはものすごく気まずい。だけど、これからもラファエルの隣にいるためには避けて通れない相手だ。

深刻な顔で恋人の弟の襲来に覚悟を決めようとしていると、くしゃりと髪を撫でられた。

「心配するようなことは何もないよ、愛しい人《モン・シェリ》。ガブが怒りを向けるとしたら、きみじゃなくて私にだろうしね」

流衣から見ても兄を尊敬してやまないガブリエルがまさか……と思うものの、ラファエルは楽しげに笑ってあっさり話題を変える。

「そういえばルイ、きみの手紙が真実じゃないとわかった根拠がもうひとつあったんだけど、知りたい？」

思いがけない言葉に戸惑いながらも頷く。と、彼が膝の上のスケッチブックを指先で軽くたたいて示した。

「きみの絵だ。やさしくみずみずしい繊細なタッチも、線のやわらかさも、私の『ルイ』と スプリンセの『柚月流衣《ゆづき》』はそっくりだったよ。きみの声、手触り、性格、それらを知ったうえでこの絵を見たら、別人だなんて信じられるわけがない」

一瞬納得しかけて、流衣は矛盾に気付く。

「でもあなたは、七年前に僕の絵を見てないですよね……？」

「見てるよ。というか今も持っている。手紙を残してくれただろう」

「……！」

見つけてもらえなくても仕方がないと思ってオレンジの木に結んだ手紙を、ラファエルはちゃんと見つけてくれたのだ。しかも「天使が私の幸せを祈ってくれているんだからご利益があると思ってね」なんて、勝手にいなくなった流衣の置き手紙を形見《スーヴニール》にしていただけじゃなく、お守りとして大事にしてくれていたらしい。当時から愛用しているという仕事用の手帳から折りたたんだ紙を取り出して広げて見せてくれる。

広げたとたん、無駄吠《ぼ》えをしないアレクサンドルから「わふっ」と主張の声が上がった。

ラファエルが笑う。

「ああ、見つけられたのはアレクサンドルの手柄だってルイに正直に話すよ」

「アレクサンドルが見つけてくれたんですか？」

「うん。七年前、検査に行ったらドクターの予想よりだいぶ視力が回復していたらしくてね、一刻も早く完治させるためにそのまま入院することになった。二週間くらいだったかな……無事に視力を取り戻して別荘に戻ってきたら、きみはもう姿を見せなくなっていたんだ。何かあったんじゃないかと心配して近辺を探していたときに、アレクサンドルがオレンジの木に結んであるこの手紙を見つけてくれたんだ」

アレクサンドルが誇らしげに胸をそらせる。

長年大事にしてきたお守りは無意識下に印象を残していたらしく、新ホテル用の候補としてスプリンセのテキスタイルを目にしたときにラファエルは強く心を惹かれたのだという。

「……お仕事に私情は挟まないっておっしゃってましたよね？」

「もちろん。だが同レベルのものが並んでいてその中から選ぶなら『好み』のものになるのは当然だろう？　私がスプリンセを最終候補に残したのはそれだけ品質がよかったからだし、その時点ではルイがデザインしていたとは知らなかったよ」

ほっとすると、笑ったラファエルにくしゃくしゃと髪を撫でられる。

「こんなに繊細なきみが『仕事のためにルイのふりをした』なんて言っても、信じられるわけがないよねえ」

確かに我ながら情けなくなるくらい嘘が下手だけれど、やさしい顔でやり手の恋人にかかればどんな嘘も見抜かれていたような気もする。

そういえば、太陽神ヘリオスの目からは何も隠せないという。ラファエルがエリオスという名の企業のトップに立つのは本当に適任だな、なんて、しみじみ流衣は納得してしまった。


数時間後、ラファエルの予告通りにブラウンの瞳を怒りに輝かせたガブリエルが乗り込んできた。

「無茶しないでください、ラファエル！」

これまでの影の薄さが嘘のような迫力なのに、時計をチェックしたラファエルはゆったりとした笑みを弟に返す。

「思ったより早かったね」

「仕事が終わったら飛んできたんですよ！」

「ちゃんと三日前からバカンスを取ると予告しておいたし、説明もしておいただろう」

「だからって予告した日に私にすべてを任せて完全に消息を絶つとか、もう本当にありえません……！　私が大きな判断ミスをしたらどうするつもりだったんですか！　こっちがどれだけ肝を冷やしたと……っ」

ぐしゃぐしゃと髪をかき混ぜて歩き回るガブリエルにもラファエルは泰然としたものだ。読みかけの本を閉じてにっこりする。

「だが、ちゃんとできたじゃないか。何かあったら手助けするつもりで新聞やニュースでチェックしてきたけどエリオスの株価も下がっていないし、無事に提携も結べたようだね」

「そりゃ必死でしたからねえ……っ」

「部下や社員を背負う立場にあるんだ。私たちが仕事に必死になるのは当然だよ」

穏やかなのに重みのある声にガブリエルが足を止めた。弟の目を静かに見返して、ラファエルが告げる。

「私がいなくてもちゃんと会社を回せたんだ。いい加減に自信を回復してもいいんじゃないのか」

傍目《はため》にも、ガブリエルが兄の本心を察したらしいのがわかった。——ラファエルが行方をくらませたのはただ流衣を追いかけるためだけじゃなかった。そんな個人的な理由だけで動く人ならわざわざ周りに予告なんかしないし、数日かけて自分が去った後の用意もしない。会社の動向もチェックしないだろう。人より責任感の強いラファエルがあえて会社を離れたのは、過去の失敗にずっと足を取られて前に進めない弟を突き放すためでもあった。兄に頼らなくても、一人で歩ける力があるとわからせるために。

「……だからといって、あなたにはまだまだ及びませんよ」

「私に及ぶような人材はうちの親族にはいないと思うよ」

不遜《ふそん》な言葉をしれっと言ってのけるラファエルに流衣は思わず噴き出してしまう。ちょうどソファに隠れる位置でアレクサンドルをブラッシングしていた兄の恋人にようやく気付いたらしいガブリエルが、何とも言えない表情を向けてきた。

「……こんな兄に魅入られるなんて、あなたも災難ですね」

約束を反故にしたことを責められるかと思いきや、ラファエルとの関係を言外に認めてくれている発言。ほっとして唇がほころぶ。

「僕としては、僥倖《ぎょうこう》だと思っています」

照れながらも本心から答えると、「そうですか……」と呆れ顔で返されてしまった。ラファエルが嬉しそうだからこの際気にしないようにするけど。

応接用のソファに落ち着いたガブリエルは、流衣を隣に呼んで当然のように腰に腕を回した兄に大きなため息をついた。

「見せつけてくださらなくていいですよ」

「そんなつもりはないよ」

「……その状態がいつも通りってことですか」

赤くなってうつむいた流衣、無言でにこりとするラファエルに、ガブリエルは頭が痛いと言わんばかりにこめかみに指先を当てる。

「ラファエルのこんな姿なんて初めて見ますよ。つまり、それだけルイは特別な存在ってことなんですね」

「ああ。ずっとそう言ってきただろう」

「……そうですね」

ひとつ息をついて、ガブリエルが流衣に向き直る。

「ルイ、すみませんでした。ラファエルの本気を甘く見て、私はヴァロア家と兄のためだと信じてあなたにつらい選択をお願いしてしまった」

きちんと謝罪してくれるガブリエルに流衣は慌ててかぶりを振る。

「謝っていただく必要はありません。あなたの気持ちもわかりますし、僕もそうした方がいいと思い込んでいましたから」

「……やっぱりあなたはいい人だ」

しみじみと言ってくれたガブリエルと互いを認めあう友好の笑みを交わしていたら、警告めいた低い声が割り込んできた。

「仲よくなってくれるのは結構だけれど、ルイは私のものだからね」

流衣が目を丸くする向かいで、ガブリエルはため息をついて肩をすくめる。

「わかっていますよ。……とりあえず、ラファエルは無事にルイを取り戻せたということでいいんですよね？」

「ああ」

「じゃあもう戻ってください。これ以上エリオスを一人で負うのは私には荷が勝ちすぎます」

「戻ってもいいけど、ひとつだけ我儘《わがまま》を聞いてくれるね？」

にっこりするラファエルに、ガブリエルが諦めきれない様子で視線を落とす。

「……私は、あなたがヴァロア家を継ぐためにあれだけ努力してきたんだと思っていましたがね。だからこそルイに身を引いてもらおうとしたのに……」

「そうだね、かつては当主と社長は同一人物がなるものだと思っていたからね」

「ああ……親族会議で分業を通したんでしたね。親族会議を招集しようとしていたのも、今後に備えて段取りを整える予定だったんですよね」

「そうだよ」

流衣の黒髪を撫でながらさらりと認めたラファエルが、弟に青い瞳を向ける。

「お前が余計な気を回してくれたせいで、あやうくルイを失いかけたけどね」

笑顔なのに、低められた声に滲むのは異様な迫力。ガブリエルが思わずというようにソファの上で身を引いた。

「私としては、十分すぎるくらいの仕置きを受けた気分なのですが」

「おや？　何かしたかな」

「あなたの代理として禿《は》げそうなくらいのストレスをいただきましたよ」

「心配しなくてもガブはスキンヘッドが似合う頭の形をしているよ」

にこやかに弟をあしらうラファエルの姿は流衣には見せたことがないものだ。興味深いけれど、ガブリエルは苦虫を噛み潰《つぶ》したような顔になる。

「ラファエルだけは敵に回したくはないと常々思っていましたけど、恋人が絡むとより最悪ですね」

「ガブも運命の人を愛してみたらわかるよ。ジョルジュ・サンドだって人生で唯一価値のあるものは愛だと言っているくらいのものだからね」

「愛は結婚の夜明け、結婚は愛の日没だというフィードの言葉もありますよ。最も永く続くのは報われない愛だというモームの言葉も」

「そうか、ガブはルイと私の愛が長続きするように心配してくれているんだね」

にっこりする兄に無言で顔をしかめたガブリエルが、徐々に表情をゆるませる。

「……そうですね、ルイの愛が長続きしなかった場合の損失を思うと心配してしまいますね。ルイを失ったあなたの仕事効率が落ちるなんて思ってもいませんでしたから」

意外な言葉に目を丸くしていつも安定して見える恋人を見上げると、少し照れくさそうな苦笑が返ってきた。

「私だって人間だからね。最愛の恋人からいきなり別れの手紙を送りつけられたら本気じゃないだろうと思ってもやっぱりショックだし、そういうこともあるよ」

「す、すみませんでした……」

頬が熱くなるのを感じながらも謝ると、「悪いのはルイじゃなくてガブだろう」なんて、ラファエルはさらりと真顔で弟を糾弾《きゅうだん》する。ガブリエルがため息をついた。

「ええ、ええ、私が二人の邪魔になったのはわかっていますよ」

「わかっているなら、ルイと会えなかった時間の埋め合わせを求めても反対はしないね？」

笑顔での要求に弟は渋面《じゅうめん》になる。数十秒に渡って葛藤する様子を見せていたけれど、最終的に観念した。

「わかりましたよ、今週末には連休をご用意します。ですからラファエル、とりあえず一旦仕事に戻ってください！」

「仕方ないねえ」

笑って同意したラファエルが、きらめくサファイア色の瞳で流衣の顔をのぞきこんで聞いてくる。

「ルイ、私はこれからパリに戻るけど一緒に来てくれる？」

「え、でも……」

邪魔になるのではと言いかけて、思い直した。恋人を幸せにできるのは自分だけだと言われているのだから、遠慮しすぎるのはやめよう。

「……あなたが望むのなら、ご一緒します」

「きみと離れることを私が望むわけないだろう」

とろける笑みを見せたラファエルが囁いたところで、ゴホンゴホンとこれ以上の展開を止めるように向かいの席からわざとらしい咳《せき》が聞こえた。

「……邪魔者がいるのを忘れていたよ」

「ああ本当にすみませんね」

うんざり顔のガブリエルに流衣は顔を赤くするのに、恋人は気にも留めない。しれっと話を戻してしまう。

「ガブが今週末に連休を用意してくれるらしいから、またここへ来よう」

「わふっ」

流衣よりも先に乗り気な返事をしたのはアレクサンドルだ。

「……もちろん、アレクサンドルも一緒にね」

付け足された言葉に、流衣は笑って頷いた。

【8】


五月の心地よい風が窓から入ってくるのは流衣の仕事部屋《アトリエ》——実家の元客間だ。大きな腰高窓が二つある、フローリングの八畳間。

しばらくフランスでラファエルと過ごした流衣は、春先に帰国して自宅でテキスタイルデザイナーとしての仕事を始めた。

「本当に日本に帰ってしまうの?」と残念そうな顔をしていたのは流衣を溺愛《できあい》している恋人——ではなく、その相棒のアレクサンドルだ。ラファエルはむしろ「日本の方がルイを独り占めできる」なんてほっとしていたから。

実はパリのお屋敷にはラファエルの両親もいて、息子の「伴侶」として紹介された流衣を彼らはひどく気に入ってくれたのだ。

「私たちは息子の『人を見る目』を信じているからね」としっかりと握手した父親のロベール氏は、緊張しているせいでいつも以上に繊細に見える流衣を理知的なブラウンの瞳でまじまじと見つめてきた。戸惑って見上げるつぶらな瞳と目が合うと、やわらかく目尻を下げて「こう言っては失礼かもしれないが、年齢がわかりにくい東洋人の中でもルイは格別だね。なんだか孫ができたような気分だ」なんてのたまった。

緊張を和《やわ》らげてくれるためにフレンチジョークを言ったのだろうと思ったのに、握手をほどいたロベールに本当に孫にでもするように頭を撫でられてしまった。冗談なのか本気なのか、真意はいまだに聞けずにいる。

ちなみに息子同様にさらさらの黒髪の手触りに魅了されたロベールがその後もたびたび流衣の髪を撫でようとしてはラファエルに「勝手に触らないでください」と叱られていたのは余談だ。

一方、夫の「孫ができた気分」発言におっとりと微笑んで頷いた母親のシモーヌ夫人は、「うちの子たちはあっという間に大きくなってしまったから、ルイと買い物に行くのが本当に楽しみだわ」と頬を薔薇《ばら》色に染めていた。

謎《なぞ》めいた発言の意味はすぐに判明した。

彼女はたいへんな着道楽《きどうらく》で、自分がお洒落をするのも大好きだけれど周りを着飾らせるのも同じくらい好きなのだ。体格のいい息子たちと違って小柄で華奢《きゃしゃ》な流衣は新鮮かつ喜ばしい着せ替え対象と認識されたらしく、連日のように買い物に連れ出される羽目になった。

「ああもう、なんて愛らしいんでしょう！　ルイ、次はこれを着て見せて」とハイメゾンの特別室でリアル着せ替え人形遊びをしては、最終的に「ぜんぶいただくわ」なんていうとんでもない買い方をしてシモーヌは流衣の度肝《どぎも》を抜いた。懸命に遠慮したところで機嫌よく微笑みながらまったく聞いてくれないところは彼女の息子そっくりだ。おかげでパリのお屋敷には流衣専用の衣裳《いしょう》部屋が出来てしまった。

戸惑うことも多いものの、恋人の両親から気に入ってもらえたのは素直に嬉しい。

ロベールとシモーヌは何かにつけて「ルイも一緒に」とかまってくれる。弟の懇願でエリオスに戻ったラファエルは海外を飛び回って仕事をしているからフランスでも月に半分程度しか帰宅できないけれど、寂しがる暇もないくらい忙しい日々を流衣は二人のおかげで過ごしていた。

両親と流衣が仲よくしているのをラファエルは喜んでいたけれど、二人きりの甘い時間を邪魔される回数が増えるにつれて考えが変わったようだ。普段は見事に感情を制御している人らしからぬ苛立たしげな表情を見せて、「ルイは私のものなのに……」とため息をついていたのも一度や二度じゃない。そんな姿は貴重で、いっそう愛おしくなる。

フランスにいるのは楽しかった。だけど、三カ月近く経つころには流衣は日本に帰りたくなっていた。フランスが嫌になったわけじゃなくて、テキスタイルデザインの仕事を再開するために自分の時間が欲しくなったのだ。

ロベールたちと見に行ったオペラやバレエや演劇、着せ替え時に印象に残ったテキスタイルなどからせっかくいいアイデアが浮かんでも、一人でいる時間がほとんどないせいでそれらを練って形にする時間的余裕がないのだ。

ゆっくりテキスタイルのデザインをしたいという気持ちが日を追うごとにふくらんでいって、最終的にラファエルが仕事で日本に渡るのに合わせて流衣は帰国することにした。

毎日会えなくなることをロベールとシモーヌ、アレクサンドルは残念がってくれたけれど、ラファエルは逆に上機嫌だった。久しぶりにオテル・ド・エリオスのいつものスイートで誰にも邪魔をされることなく流衣と過ごした後、「そのうち日本に拠点を移そうかな」なんて呟いた声が本気っぽく聞こえたのは気のせいじゃないと思う。

二月末に帰国して、現在五月。四月からフリーのテキスタイルデザイナーとしての活動を始めた流衣のキャリアはまだ二カ月足らずだ。

本格的なアトリエとしてはまだまだ整えるべき機材や材料がたくさんあるものの、とりあえずはデザイン用ソフトを入れたパソコンと通信機器、ミシンを含む基本的な裁縫道具にプラスアルファをそろえれば流衣なら独立の第一歩を踏み出せる。現場で培《つちか》ってきたノウハウに加えて、織物工場や染工場、テキスタイルプリントも請け負う印刷会社、染色家やニット職人《ニッター》さんなどにツテがあるから。スプリンセで勤めていた経験が有用な資本になるのだ。

（本当に、スプリンセには足を向けて寝られないや……）

手作業で薄手のベロア生地に刺繍《ししゅう》を施しながら、流衣はしみじみと古巣への感謝の念を覚える。

独立を決意した流衣が報告を兼ねてスプリンセに挨拶に行ったところ、春姫社長は「わたくしが柚月ちゃんのテキスタイルのファンなのは知っているでしょう」とにっこりして、その場で次の秋冬シーズン用のテキスタイルの依頼をくれたのだ。

服のデザインありきで確固としたイメージをもってテキスタイルの注文を出すデザイナーもいるけれど、逆にテキスタイルありきで服のデザインを生み出すデザイナーも多い。「ストーリー性があって絵画的」と評される流衣のテキスタイルは豊かなインスピレーション源になるとかで後者タイプのデザイナーに人気がある。

すでに決まっていたシーズンコンセプトに合わせてラフを作り、ＯＫをもらった順に生地見本を作成してきて今作業しているのは最後のサンプルだ。

　問屋で見つけたイメージ通りの薄手のベロア生地に少し太めのコットンの糸で模様を描き出している。秋冬らしくフォークロアを意識した、刺し子風テキスタイル。

途中で腕を伸ばして布を遠ざけ、出来をチェックした流衣は小さく首をかしげた。

「少しまとまりがよすぎるかな……」

こっくりとした栗色《ブランシャテーニュ》のベロアに刺繍されているのは、ススキやコスモスなどを意匠化した風に揺れる秋の草花。コットン糸はやわらかな象牙色《アイボリー》を中心にシックな鳩羽色《ピジョングレイ》、温かみのある珊瑚色《コーラルピンク》の三色。

最初のデザイン通りに作ってみたこれも悪くはないけれど、グリーン系を入れるといいアクセントになりそうだ。春姫社長が原案通りであることよりもクオリティの高さを大事にする人だと知っているからこそ流衣は迷うことなく色の追加を決める。

作業机の上で場所をとっている分厚い色見本帳をめくって最も合う色を探し、デザインラフに鉛筆で指示用のカラーナンバーを書き足した。選んだのは黄み寄りの苔色《モスグリーン》、これならアイボリーのやわらかな印象を壊さずに色の幅を広げられるし、秋冬らしさがさらに増す。

席を立って、手芸用材を見やすく収納している棚に向かった。

「えーと……刺し子用のモスグリーン……よかった、買ってた」

目的の糸を見つけ出してほっとする。なければ買い出しに走らないといけないところだった。

使い勝手のよさそうな色はできるだけそろえたとはいえ、糸ひとつとっても構成繊維や縒《よ》りの数、太さ《テックス》でまったく別物になるから際限がない。ついでにいえば収納用の場所と資金には限界がある。

（少しずつ集めていく予定だけど、材料がそろうにしたがってアトリエが狭くなるっていうのもジレンマだよね……）

そのうち小型の織り機なども入れたい流衣としては、ある程度稼げる自信がついたら正式に広いアトリエを借りたいと思っている。駆け出しの身ではまだ夢のような話だけれど。

再び集中して手を動かしていると、ノック音が響いた。

「シュー、お届けものよ」

返事を待たずに肩でドアを押し開けて入ってきたのはオリヴィアだ。三十センチ四方の段ボール箱の宅配便を抱えている。

「あ、もう届いたんだ？」

ぱっと顔を輝かせた流衣に、作業机まで箱を持ってきてくれた彼女がにやりと笑う。

「愛しのラファエルから？」

「ち、違うよ、工場に頼んでたガーゼ素材のサンプルだよ」

「そうよねー。ラフからなら箱からして豪華だし、私にも何か送ってくれるものね」

得意のチェシャ猫スマイルを浮かべてそんなことを言う義母は、わかっていてからかっただけらしい。ちなみに息子の恋人とすっかり意気投合した彼女は、流衣を飛び越えて直接ラファエルと電話やメールでやりとりしていたりする。

さっそく段ボールのガムテープを剝《は》がし始めた流衣は、こっちを見ている義母に気付いて笑って水を向けてみた。

「もしかしてまたドールハウスの相談？」

「あら、どうしてそう思うの」

「思わないとおかしいくらいには意見を求められてきたからかな」

「そうね、それはごもっとも」

澄まし顔で納得して見せる義母に噴き出してしまう。

流衣が帰国した直後くらいからドールハウスに凝り始めたというオリヴィアは、「まずは愛しの我が子が理想とする家を作ってみたいのよ」なんて言って片っぱしから流衣の好みを聞きにきていた。カーテンや家具などのインテリアのみならず、カタログを片手にドアノブや窓枠、床材から庭の様子までそれはもう細《こま》かかった。正直、ドールハウスじゃなくてリアルに施行する気なんじゃ……と思ってしまうほどの熱の入れようだったのだ。

「シューのおかげでとっても素敵なおうちができたと思うわ。見たい？」

「うん！」

ドールハウスとはいえ自分の意向がすべて反映された夢の家だ。即答するとオリヴィアがにんまりする。

「じゃあ、近いうちにね」

「今日は駄目ってこと？」

「どうかしら」

人ごとみたいに曖昧《あいまい》な返事をして、オリヴィアが話題を変える。

「ところでシュー、私の予想ではそろそろラフはシュー不足だと思うのよね。今日あたり会いに来るような気がすると思わない？」

にやにや笑っているところからしてどうやらこのネタが本命だ。恋人のことでからかうとすぐに赤くなってしまう流衣を楽しむ、なんていう悪い趣味を彼女は最近持ってしまったのだ。

いい加減に耐性がついてきた流衣は、動揺したり赤くなったりしないようにガーゼのサンプルを箱から取り出す方に集中しつつ答える。

「ラファエルは昨日、香港でリゾートホテルの会議中って言ってたよ」

「香港なら近いじゃない」

「暇な人じゃないってこと」

「時間は作るものよ。そもそもラフは前ほど忙しくないって言ってたのはシューじゃない？」

「忙しさのベースが違う人なんだよ」

世界的企業の副社長の忙しさを甘く見ている義母に苦笑してしまう。

とはいえ、恋人が以前ほど忙殺されなくなったのは事実だ。ガブリエルや部下たちに任せられる仕事が増えたラファエルはちゃんと夜に眠るようになったし、前よりゆっくりと甘い時間を分かち合えるようになった。

（それなのに……ラファエルって結局、根が仕事人間なんだよねえ）

恋人の休日の様子を思い出して流衣は唇をほころばせる。

前よりもゆっくりできるようになったのに、ラファエルはその時間を使って大量の資料を読み、流衣とのデートも兼ねていろんなところにリサーチに出かけ、オテル・ド・エリオスの次の手として新しいタイプのリゾートホテルを考えている。さすがは生まれながらのエリオスの社長候補というべきか。

視線を感じてふと顔を上げると、オリヴィアの生温かい眼差しにぶつかった。

「シューが今思い出していた人が早く会いに来てくれるといいわね」

「……っ」

何か言い返すよりも早く、満足げなチェシャ猫スマイルを残して義母は部屋を出て行く。

頬に触れると熱くなっていて、思わず眉を下げてしまった。

スプリンセ用のサンプルを仕上げて一息ついたところで、玄関の方から楽しげな大声で呼ばれた。

「シュー、またあなたにお届け物よー！」

ガーゼのサンプル以外に何か届く予定があったかな……と首をかしげつつも「はーい」とオリヴィアに返事をして、流衣は仕事部屋を出る。

直後、足が止まった。

玄関先に置かれた小さな籐《とう》編みのバスケットの向こうには、白と茶色のもふもふ。ピンと立った耳、賢そうな黒い瞳、つややかな毛並のテクスチャー……すべてにものすごく見覚えがある。

「……アレクサンドル⁉」

「わふっ」

絶妙なタイミングで答えたのはフランスにいるはずのラファエルの相棒だ。

「え……え、どうしたの？　なんでここに？」

目を丸くして駆け寄る流衣に、アレクサンドルはつややかに黒く濡れた鼻先でバスケットを押して寄越した。

中に入っているのは切ったばかりのようにみずみずしくて香りのいい一輪の白い薔薇、そして恋人からのいつものカードだ。アンティーク風にデザインされた鍵《かぎ》がリボンで結わえられている。

目を瞬いた流衣の内心の驚きを義母が代弁した。

「あら、シューが選んだ鍵と同じね。すごい偶然ねえ」

どこことなく笑みを含んだ声が指摘した通り、バスケットに入っていた鍵は流衣がドールハウスのために選んだものにそっくりだ。違うのは実用的なサイズになっていることと繊細な模様の透かし彫りが入ってより美しくなっていること。

戸惑いながらも鍵を手に取るなり、アレクサンドルが鼻を鳴らして注意を引いた。玄関ドアに向かって「ここを開けて」と言わんばかりにお座りをしている。

コリーのためにドアを開けてやったオリヴィアが、きらめく瞳を流衣に向けた。

「シュー、あなたも行った方がいいんじゃない？」

「僕も？」

「わふっ」

賛同するようなアレクサンドルの声。

「……ついておいでって？」

「わふん」

相変わらず見事なタイミングの返事は、間違いなく肯定だ。

よくわからないながらも靴を履いて、アレクサンドルについて家を出た。オリヴィアは何やら知っているのか「またあとでね」と手を振って朗らかに見送る。

アレクサンドルの足取りには一切迷いがなかった。とっとっと、と流衣にとって見慣れた近所の道を先導して進む。

途中の十字路で普段は行かない方向に折れた。いくら実家周辺とはいえ、駅とは反対方向で住宅が立ち並ぶだけのこの辺りには全然来ない。こんなところに公園があったんだ、とか、ひなびた古書店の看板に描かれた三毛猫のロゴに味わいがあるなあ、とか、あちこちに目をひかれつつ新鮮な気分でアレクサンドルの後を追う。

五分も歩かないうちに目的地がわかった。わかった瞬間、大きく目を見開いて流衣は足を止める。

目印になっているのはアレクサンドルが届けてくれた一輪の白い薔薇。それと同じものが溢れるように咲いていて、白亜の洋館へと通じる門扉の両脇を彩っている。

明らかに新築なのに、緑豊かな庭を備えたその瀟洒《しょうしゃ》な邸宅を流衣はよく知っていた。オリヴィアに聞かれるがままに好みを答えていった、ドールハウスになっているはずの自分の理想の家だ。

「な……んで……」

アレクサンドルに促されて再び歩き出しながら呆然と呟いたものの、心の奥底ではこの優美な夢の邸宅を現実化したのが誰か、もうわかっていた。

美しいサファイア色の瞳でこっちを見つめている恋人——海外にいるとばかり思っていたラファエルだ。彼が義母とやけに仲がいいと思ったら、この家のためだったのだ。

呆然と彼の元までやってきた流衣に、ラファエルはいつものように甘くやさしい笑みを見せる。

「こんにちは、可愛い人《ミニヨン》」

長身を見上げて口を開いてはみたものの、何と言ったらいいのかわからなくて声にならない。くすりとラファエルが笑う。

「そんなに驚いた？」

悪戯っぽい口調に少し現実感を取り戻して、ひとつ息をついた流衣はこくりと頷く。

「驚いたなんてものじゃないです」

「気に入ってくれなかった？」

「気に入ってって……」

あ、と大きく目を見開く。あまりにも思いがけないことにうっかりしていたけれど、わざわざ好みをリサーチして作り上げたからにはこの新築の邸宅は流衣のためのものなのだ。この重大さにおろおろしてしまう。

「き、気に入らないわけはないですけど……」

「よかった」

「けど」をさらりと流して、ラファエルはにっこりする。

「オリヴィアに頼んできみの好みを確認してもらいながら建てていったから大丈夫だろうとは思っていたんだけど、勝手なことをした自覚はあるからね。気に入ってくれたならもらってくれるよね」

「だ、駄目です、もらえるわけがないです！」

「どうして？」

「どうしてって……」

やさしい恋人が困り顔の流衣に何も言わない場合は、わざと素知らぬふりをしているのだ

ということは一緒にいるうちに学んでいる。遠慮しすぎるのはやめようと心に決めたとはいえ、さすがにこれはあんまりだ。このままなしくずしにならないように意を決して流衣は彼を見上げた。

「い、家をプレゼントされるなんて困ります。あの、気に入るとかどうとかじゃなくて、本当に僕の感覚ではありえないので……、あ、いえ、もちろん嫌だとかいうんじゃないんですけど……っ、と、とにかく困るんです……！」

見るからにがっかりしたラファエルに思わず途中でフォローを入れてしまったけれど、なんとか自分の常識に合わないことは伝えきる。

残念そうに瞳を伏せていた彼が、ゆっくりと唇をほころばせた。

「駄目だよルイ、きみは私に甘すぎる」

「え……」

「嫌じゃないって言われて引き下がるわけがないだろう」

そんな、と眉を下げてしまうと、くしゃりと髪を撫でられた。

「とはいえ、きみを困らせるのも本意ではないんだよね。ルイの困り顔はとても愛らしいけれど、私はきみが幸せに笑ってくれている顔の方がもっと好きだから」

やさしい言葉にほっとする流衣に、にこりと笑って彼が言い足す。

「でも困ったね。この家はルイを幸せにしたくて用意したものだったのに、きみが受け取ってくれないとなると無駄になってしまうんだ。どうしたらいいと思う?」

「ラファエル……!」

一瞬ゆるませてからのたたみかけは、質問の形をとっているくせに流衣には選択肢がないことを悟らせるものだ。以前ガブリエルが「兄は物腰が優雅なわりに、最後には必ず自分の思い通りにする人」と表現していたけれど、こんな形で体験させられるなんて。

どう答えたらいいのかわからずにおろおろしてしまうと、ふいにラファエルが真剣な顔になった。

「ルイ、控えめなきみにとってこの家がプレゼントとして重過ぎるのはわかっているつもりだ。でも私は、どうしてもルイに受け取ってほしい。勝手な真似をした私のことを怒っていないのなら、ここで一緒に暮らしてくれないか」

美しい青い瞳で見つめて言われた言葉に、じわりと頬を染めた流衣は瞳を伏せる。

「……そういう頼み方は、ずるいです……」

「うん、ごめんね」

殊勝に謝りながらも声に嬉しそうな笑みが滲む。

彼はたびたび、こうやって流衣から言外の受容を引き出してしまう。流衣が本当は同じことを望んでいるとわかっているからこそ遠慮しすぎないように逃げ道を塞いでしまうのだ。困ってしまうのにありがたくもあるのだから、我ながら始末に負えない。

（……大事なことなのに、こういう風に甘えたままじゃ駄目だよね）

少しためらってから、ちらりと目を上げた。一緒に住むことを受け入れたせいか嬉しそうにきらめいている瞳と視線が合って心臓が跳ねるけれど、ちゃんと本当の気持ちを伝えようと口を開く。

「……あの、ありがとうございます。こんなに素敵な家であなたと暮らせるなんて、夢みたいで……すごく、嬉しいです」

ドキドキしているせいで途切れがちになったもののなんとか言い終えるなり、抱きしめられていた。止める間もなく口づけられて、鼓動がもっと速くなる。

「わっふ！」

忠告するような声が下から響いて、ラファエルが名残惜しげにキスをほどいた。息を乱している流衣を腕に抱いたまま、アレクサンドルに照れたような苦笑を見せる。

「そうだね、こんなところですべきじゃないね。ルイがあまりにも愛らしくて一瞬理性が飛んでしまったよ」

アレクサンドルが、そういうことするんなら中に入りましょうよ、と言わんばかりに先に立って門扉の方に向かう。呆れているように見えてふさふさのしっぽは揺れているし、足取りも軽い。

「……アレクサンドル、なんだか上機嫌ですね」

「ああ。私と同じくらいアレクサンドルもルイのセンスが好きみたいで、この家をすごく気に入ってるんだ」

白亜の家はすみずみまで流衣の希望通りだった。

「どうせ夢の家なんだから思い切り贅沢《ぜいたく》言っちゃいなさいよ」という義母の言葉にまんまと乗せられて意見を出したものだから、玄関ホールを入ってすぐに優雅なカーブを描くサーキュラー階段とか、ガラス部分にレース模様のエッチングが入ったアンティークのドアとか、実現するとわかっていたらとてもリクエストできなかったようなものがたっぷり含まれている。総工費を考えると青くなってしまうけれど、その一方でうっとりするほど素晴らしかった。

サーキュラー階段を上ったことで先に二階から見ることになった。案内されているうちに、流衣はこの家がドールハウスの計画よりかなり広く、間取りも若干違うことに気付く。ところどころに思いもよらない部屋があるのだ。

「ここは……？」

「私の第二の書斎の予定」

寝室の一角にしつらえられたアルコーブをのぞきこんで聞いてみると、ラファエルが澄まし顔で答える。愛しあった後に流衣が眠りこんでしまっても、遠く離れることなく仕事ができるようにしたかったらしい。

ぱっと染まった流衣の頰を愛おしげに指の背で撫でて、ラファエルが少し残念そうな声で呟く。

「このままルイを堪能したいのはやまやまだけど、先にメインの部屋を見てもらった方がいいかな」

「メインの部屋……?」

連れて行かれたのは、玄関ホールを入ってすぐ左にある両開きの白いドアの前だった。ドアの中央には幾何学模様の美しいステンドグラスがはめこまれていて、流衣が選んだわけじゃないのに好みにぴったりで見ているだけで胸がときめく。

「気に入ってもらえたらいいんだけど」

ラファエルがゆっくりと扉を開けた。

「……!」

そこは天井が高く、大きな窓からたっぷりと外光が入る広々とした部屋だった。

庭に面している方は全面が窓になっていて、反対側は壁一面に作り付けの収納棚。棚にはグラデーションで色が満ちている——あらゆる種類の糸や布によって。部屋が広いだけに収納にはまだ余裕があるものの、相当な量だ。突き当たりの壁際にはプロ仕様のミシンが数種類、そして部屋の中央にはどっしりと大きな作業机。その近くには小型の織り機まである。

どう見ても、流衣のためのアトリエだ。

信じられない思いで室内を見回していた流衣は、庭に面した窓から見えるものに目を惹かれた。門扉を入ってすぐのところにあるのは、薔薇の誘引用にしては背が高いアイアンの支柱。

「もしかして、あの支柱は……」

「アトリエの名前を決めた方がいいね。看板があれば恥ずかしがりやのルイもここで暮らしやすいだろう」

にこりと笑っての返事に、流衣は予想が外れていないことを知る。あれはアトリエの看板を掲げるためのものなのだ。

つくづく、エリオスの次期社長の慧眼《けいがん》ぶりに感心してしまう。個人でテキスタイルデザインを請け負う流衣にとって立派な看板は必ずしも必要なものじゃない。だけどアトリエの看板が出ていれば近所の人たちから見てこの家は「仕事場」という印象になるから、ここで暮らすのに気後れせずにすむのだ。

「何もかも至れり尽くせりで、なんだか夢みたいです」

恋人の周到さに思わず笑ってしまいながらも本心から言うと、彼がくすりと笑った。

「ルイのためならどんなことでも……って気持ちは本当だけど、実はこの家に関しては最終的には私のためでもあるんだ」

「あなたの……?」

「あと数年もしたら、私はエリオスの社長の座を正式に継ぐことになるだろう。今は現場を直接見て指示を出すことが多いから海外出張も多いけど、社長になったら総合的な判断がメインになって出張がかなり減るんだよ。ネットがあれば世界中どこにいても大差がないから日本にも拠点を作っておこうと思ってね」

以前「そのうち日本に拠点を」と呟いていたのは本気だったのだ。

「でも、これまでもオテル・ド・エリオスに専用のお部屋がありましたよね……？」

「ホテルの部屋は便利だけど、やっぱり『家』とは違うだろう？　私はもっとたくさんルイといたいし、きみが日常的なことをしている姿も見てみたいし、私が拠点としている場所をきみにも拠点としてほしい。誰にも邪魔されずにルイと過ごせるように、二人だけの愛の家を作りたかったんだ」

ごく真面目な口調で「二人だけの愛の家」なんて言ってしまえる恋人に思わず赤面してしまう。でも、ふわりと胸が温かくなった。これから先もずっと一緒に生きていくことを前提に、ラファエルが流衣の仕事部屋を備えた大きなプレゼントをしてくれたのがわかったから。

「わふっ！」

突然、存在をアピールするかのような強めの声が響いた。何か言いたげにじっと見上げてくるのはアレクサンドルだ。

戸惑う流衣とは対照的に、長年の付き合いで相棒の言いたいことを察したらしいラファエルが前言を訂正する。

「ああ、すまなかった。ルイと私、それからアレクサンドルの家……だね？」

「わふん」

そうですよご主人様、と言わんばかりの返事。それも、ちょっと偉そうに。ラファエルが噴き出す。

「相変わらず主張すべきところではきっちり主張できるところが素敵だよ、アレクサンドル。ルイも少し見習ってみる？」

笑みを含んだ声に、流衣も笑って頷く。

「そうします」

「くふん」

そうしたまえ、というようにアレクサンドルが胸をそらして鼻を鳴らした。思わずラファエルと顔を見合わせる。

楽しげにきらめく海の色の瞳と見つめ合っているうちに、流衣は幸せな気持ちが溢れるように顔をほころばせていた。

キッチンで朝食を

とても満ち足りた気分で目を覚ましたラファエルは、腕の中に幸福の理由を見つける。

「……ルイ」

愛《いと》しい名前をそっと唇に乗せても、すっぽりと腕の中に収まるサイズの恋人は目を覚まさない。繊細な長いまつげを伏せて、深く寝入っているらしい規則正しい呼吸をしている。

（ゆうべは無理をさせてしまったからなあ……）

ごめんね、と愛らしい寝顔に呟《つぶや》きながらも顔がゆるんでしまうのを止められない。

出張が重なって一カ月以上会えなかったせいで、ラファエルの恋人欠乏症は限界状態にあった。弟に「鬼気迫るとはこのことですね」と感心と恐れが半々の口調で評されたほどの夕イトスケジュールで仕事をこなして、ようやく昨夜恋人の元に帰ってきたばかりだ。

「おかえりなさい、ラファエル」

夜遅くなってしまったのに嬉《うれ》しそうに頰《ほお》を染めて出迎えてくれた流衣《るい》を見た瞬間、胸の奥から温かい気持ちが溢《あふ》れた。

誰よりも大切な人が待つ家に帰って来ることができるというのは、なんという幸せだろう。

心が求めるままにエントランスで抱きしめて深く口づけたら、感じやすい恋人は十分もしないうちに完全に足腰が立たなくなってしまった。空港からの帰途では「まずお土産《みやげ》を渡して、離れていた間の互いの話をして……」などと考えていたのに、甘くとけた恋人を前にそんな悠長さは保っていられず、即座に抱き上げて寝室に直行となった。

「きみは私から紳士の仮面を剝《は》ぎ取ってしまうよ」

さらりとつややかな黒髪を指先に絡めて呟く。と、眠っているのにもかかわらず流衣が少し顔を傾けて、手に頰をすりよせるような仕草をした。ドクンと心臓が鳴る。

深く静かに息をついて衝動を落ち着かせ、ゆっくりと手を引いた。

「そんなことをするものじゃないよ、可愛い人《ミニヨン》。きみを休ませてあげられなくなるだろう」

苦笑混じりに忠告して、恋人に回していた腕を慎重に抜き取った。ベッドから抜け出し、自分の代わりに羽根布団ですんなりとした美しい体をふわりと包み込む。

欠乏状態だった恋人をたっぷり補給させてもらったおかげで、今朝はすこぶる気分がいい。シャワーを浴びてからローブをはおり、寝室から出る前に流衣の寝姿――羽根布団にくるまれたころんとしたシルエットさえ愛らしい――を瞳に収めて、音を立てないようにドアを閉める。と、エントランスホールにいたアレクサンドルが風のようにサーキュラー階段を駆け上がってきて、足許《あしもと》にきちんとお座りをした。

「おはよう、アレクサンドル」

「わふっ」

相変わらず見事なタイミングの返事だ。耳の後ろを撫《な》でてやると、気持ちよさそうにしっぽをぱたぱたさせたアレクサンドルがふと寝室のドアに顔を向けた。お気に入りの流衣が現れないのを気にしている愛犬に気付いて、唇がほころぶ。

「ルイはまだ起きてこないよ」

「くぅん」

「心配はいらないよ、疲れてよく眠っているだけだからね。おいでアレクサンドル、今日は私が食事をあげよう」

「わふん」

階下のキッチンに向かい、専用の陶器の器にそれぞれ水とドッグフードを入れる。

フランスにいたころは愛犬の世話は担当者に任せていたけれど、この家で暮らすようになって変わった。楽しそうにアレクサンドルの世話をする恋人と一緒に、ラファエルも自ら面倒をみるようになったのだ。

（手をかけただけ愛おしく、大切なものになるというのは本当だな……）

アレクサンドルに食事の許可を出したあと、流衣と自分のためにコーヒーの用意をしながらしみじみと思う。ちなみにラファエルが最も手をかけているのは恋人だ。

ヴァロア家という名家に生まれ育ったラファエルにとって、日常的な雑事は専門のスタッフに任せるのが当然だった。そんな彼が今では恋人のために朝食を作ろうとしているのだ。

とはいえまだまだ勉強中の身、一人で満足いくレベルでできる家事はほとんどない。豆から挽《ひ》いてコーヒーを淹《い》れるのがいちばんのハイライト。

（ハウスキーパーを雇ってもいいんだけど……）

流衣は必要ないと言っているし、ラファエルとしても社長に就任するまでは出張が多いだけに第三者を二人（と一匹）の愛の家に常時入れたくはない。それに、恋人に習いながら一緒に家事をするのは思いがけないくらいに楽しい。手際よく家事をこなす流衣の姿には尊敬の念を覚えるし、見ているだけでなんだか癒《い》やされる。

ガラス製のポットに琥珀《こはく》色の液体が溜《た》まるにつれて、恋人の瞳のように魅惑的な深い色になった。フレンチローストのマンデリンの豊かな香りが鼻腔《びこう》をくすぐる。

「ルイだったらこの色を何て呼ぶかな」

仕事柄もあるのか色彩感覚の豊かな恋人は、日本語とフランス語の両方に堪能なだけに素敵な色の呼び方をたくさん知っている。彼のやわらかく繊細な声で紡がれる美しい言葉たちをラファエルはこよなく愛しているのだ。

濃く淹れたコーヒーを二つのカフェオレボウルに分けて注ぎ、ミルクパンで温めた牛乳を足してカフェオレにした。これにクロワッサンかバゲットをジャムやバターと一緒に供せばコンチネンタルブレックファーストの完成だ。フランスではごく普通のスタイルではあるものの、流衣が作ってくれるカラフルな朝食に比べるとそっけないのが気になった。

「……オムレツとか作ってみるべきかな」

ゆうべ恋人の体力を容赦なく奪った自覚があるだけに、栄養満点のイングリッシュブレックファーストを目指した方がいいだろうかと迷って呟く。と、忠実なるアレクサンドルはわざわざ食事を中断して返事をくれた。心配そうに鼻を鳴らしたところからして「作れるんですか」と疑問を呈しているらしい。

「誰にでも初めてというのはあるものだよ、アレクサンドル」

もっともらしく呟いて、冷蔵庫を開ける。

卵を手に取るなり、いかにも「やめた方が……」と言わんばかりの声が再び聞こえた。愛犬は主《あるじ》の料理手腕をまったく信じていないらしい。正直、ラファエル自身も自分の料理の腕など信用していない。何と言ってもキッチンに一人で立つのはこれが初めてなのだ。

しかしながら恋人に家事を任せすぎないためには積極的に挑戦して習熟してゆくべきだし、オムレツの作り方は論理的に考えればだいたいわかる。

脳内でオムレツ作りのシミュレートをしてみて、ラファエルは客観的判断を下した。

「……挑戦は大事だが、無謀はよくないね」

「わふん」

「でも卵を混ぜて焼くだけの炒《い》り卵なら簡単に出来そうじゃないか？」

そうですかねえ、と言いたげな微妙な返事を返されたけれど、手順が少なければ失敗するリスクも少ないものだ。気にせずに作ってみることにする。

ボウルに卵を割りほぐして、バターを溶かしたフライパンに投入した。ぐるぐる混ぜているうちに簡単にスクランブルエッグの完成だ。

初めての作品の出来に満足して皿に移したところで、アレクサンドルが「わふっ」と挨拶《あいさつ》のトーンで声をあげた。やわらかな声の「おはよう」で、ラファエルは振り返るより早く恋人が起きて来たことを知る。

「ルイ。まだ眠っていてもいいんだよ」

「おはようございます……」と返した流衣の頬がじわじわと染まってゆくのは、ラファエルが軽く抱き寄せただけでカクンと膝《ひざ》が折れてしまったせいだろう。一応歩けるようだけれど、恋人の足はゆうべの名残でかなりおぼつかなくなっている。

「あの、いい匂《にお》いですね。スクランブルエッグを作ったんですか」

「うん。冷める前に朝食にしようか」

明らかに焦って話題を変えてきた恥ずかしがりやの恋人をからかうのも楽しいけれど、せっかくの初めての作品、温かいうちに食べてもらった方がいい。キッチンで食事をするのは実家では考えられないことだったけれど、明るい光と美味《おい》しそうな匂い、親密さの溢れる空間での食事をラファエルはとても好きになった。流衣といるだけで愛しい世界が広がる。

ふんわり焼けた炒り卵をスプーンですくった流衣が、ラファエルの手作りというだけで嬉しいらしく瞳を輝かせて一口食べた。その表情が「あれ……？」という感じに変わってゆく。

「美味しくなかった？」

「いえ、素材の味が活《い》きているというか、美味しくないことはないんですけど……ただ、これ、味付いてます……？」

遠慮がちな確認にあっと声が出た。そういえば焦がさずに焼くことに集中しすぎたせいで味を付けるという基本的なことを失念していた。

思わず悔しい表情を見せてしまうと、恋人はひどくやわらかな、幸せそうな笑みを零《こぼ》した。ぽんぽんとなだめるように手を軽くたたかれる。

「焼き加減はちょうどいいですし、これはこれで美味しいですよ。それに、すべてに完璧《かんぺき》なラファエルが僕みたいに失敗することがあると思うとほっとします」

「……喜んでいいのかな」

「あなたの悔しそうな顔や複雑そうな顔が見られて、僕は嬉しいです」

そんなことを言ってのけた可愛《かわい》い恋人は、家事に関しては先輩だけあって頼もしかった。味なしスクランブルエッグを美味しくする方法はないだろうか、と意見を仰いでみたら、見事にアレンジしてくれたのだ。

スライスしたバゲットにアンチョビバターを塗って、細切りにしたハムを混ぜ込んだスクランブルエッグをのせて塩と黒胡椒《くろこしょう》を振り、そこにキッチンガーデンで育てているチャイブを刻んでたっぷり散らす。最後にグリュイエールチーズのすりおろしを振りかけてトースターでこんがりするまで焼けばフランス式オープンサンド、タルティーヌの出来あがりだ。

恋人の指導の下《もと》ラファエルが作製したのだけれど、味も見た目も一気にレベルアップ。

「すごいよルイ、魔法みたいに美味しくなった！　どうしてこんなことができるの？」

感動もあらわな問いに、はにかんだ笑みと共に意外な答えが返る。

「オリヴィアの魔法です。この前教えてもらった料理が参考になりました」

この家にハウスキーパーを入れずに暮らすにあたって、流衣は家事をしたことがないうえに多忙を極めるラファエルの分も頑張ろうと心に決めていた。だからこそ恋人の長期出張中、義母から料理指南を受けていたのだという。

自分のために努力してくれていることを知って、胸に溢れる温かく甘い感情に恋人を抱きしめずにはいられなくなる。

「ルイ、きみはなんて愛しいんだろう……！」

「あ、あの、ラファエル、アレクサンドルが見てますし……っ」

「うん、だから少しだけ」

止めようとしていても困ったような声は甘いし、キスするラファエルの肩を押しやろうとする手も弱々しくて逆に煽《あお》られる。

（今日はもう歩けなくしてしまうかもなあ……）

わかっていても、素晴らしく触り心地のいいなめらかな肌にすぐに触れられるローブ姿の恋人を前にして触らないなんて選択肢はありえない。とりあえず恋人の意向を尊重して、愛犬から見えない寝室に運ぼうと抱き上げた——直後。

「わふっ！」

ピンと耳を立てたアレクサンドルが、エントランス方面に顔を向けて声をあげた。ほぼ同時にインターフォンのチャイムが鳴り響く。

十時を示す時計を見た流衣がはっとして、申し訳なさそうに眉を下げた。

「あの……たぶんオリヴィアだと思います。毎日この時間に料理を教えに来てもらっていたので……、すみま……っん」

謝ろうとする唇を軽いキスで止める。

「料理の先生なら大歓迎だよ。次こそルイに美味しいものを食べさせてあげたいと思っていたところだし、ぜひ私も門下生にしてもらおう。とりあえずルイは先に着替えておいで」

数分後、ラファエルに出迎えられたオリヴィアはエントランスにもキッチンにも姿がない流衣に何か気付いたらしく、楽しげな訳知り顔で片眉を上げた。

「やだ、お邪魔しちゃったんならごめんなさいね」

「いえ、ちょうどよかったですよ。空腹は最高の調味料と言いますし、好物をより美味しく食べられることになったので」

にっこりして答えているところに入ってきた流衣がラファエルと義母の意味ありげな視線を受けて足を止め、目を瞬《しばた》いてからぱっと頬を染めた。察しのいい恋人が恥ずかしがりやというのはとてもいいものだと唇をほころばせる横で、オリヴィアもにんまりしていた。

あとがき

こんにちは。または初めまして。間之あまのでございます。

このたびは拙著『初恋ドラマティック』をお手に取ってくださり、ありがとうございます。

こちらはルチル文庫さんからは六冊目の、通算では十冊目のお話となっております。……とうとうトータルで二桁いってしまいました。我ながらびっくりです。

こうして拙作をお届けできるのは、お力添えをくださるたくさんの方々、とりわけご理解ある担当のF様と応援してくださる皆さまのおかげです。いつもありがとうございます（しみじみ）。これからも好みの合う方に、時々そっと『読む甘味』をおすそわけするような気持ちで書いていけたらいいなと思っております。

さて、今作は既刊の『片恋ロマンティック』と同じ世界となっております。タイトルからしてシリーズ感全開ですが、それぞれ完全に独立したお話ですのでこちらだけでも問題なく読んでいただけます。初めましての方もご安心くださいね（ニコリ）。

今回のテーマは『運命の再会』です。相手の姿を知らなかったのに同じ人と恋に落ちるなんて、とてもロマンティックですよね（↑あ、タイトルはドラマティックでした…笑）。ちなみに作中の一部のルビは、どうしてもフランス語の発音イメージで読んでほしいところにふっていただきました。ほぼ全編フランス語で話しているはずなのに、やりたい放題です（笑）。

イラストは、前作に引き続いて幸せなことに高星麻子先生に描いていただけました♪

実は書く前にラファエルの髪と目の色を迷っていたのですが（生粋のフランスの方はやはりダークカラーのイメージですし）、F様に「高星先生の描かれる金髪攻は素敵ですよ～♪」と囁かれて瞬時に心が決まりました。決まってからは、高星先生の描かれる金髪大天使様を見るためだけにこのお話を書き上げたと言っても過言ではありません（キリッ）。

いや～、金髪碧眼にしてよかったです。ラファエルが本当に格好よくて麗しい……！　流衣も堪らなく可愛い！　そしてアレクサンドルがふっさふさで男前です～♪

高星先生、今回も素晴らしいイラストを本当にありがとうございました。カラーもキラキラで美しくて、まさに眼福です。二回も描いていただけてアレクサンドルもご満悦です（笑）。

なかなか思うように書けなくて「ニホンゴムズカシイデス……」と落ち込む私を明るく励まし、スケジュールを先々まで組み直してくださったやさしいF様をはじめ（もう本当にすみません……！）、今回も多くの方々のご協力とたくさんの幸運のおかげでこのお話をこういう形でお届けすることができました。ありがたいことです。

読んでくださった方が、少しでも幸せな気分になったらいいなあと思っております。

楽しんでいただけますように。

百日紅の季節に　　　　　　　　　　　　　間之あまの

✦初出　初恋ドラマティック……………書き下ろし
キッチンで朝食を………………書き下ろし

間之あまの先生、高星麻子先生へのお便り、本作品に関するご意見、ご感想などは
〒151-0051 東京都渋谷区千駄ヶ谷 4-9-7
幻冬舎コミックス　ルチル文庫「初恋ドラマティック」係まで。

幻冬舎ルチル文庫

初恋ドラマティック

2015年9月20日　第1刷発行

✦著者　間之あまの　まの あまの

✦発行人　石原正康

✦発行元　株式会社 幻冬舎コミックス
〒151-0051 東京都渋谷区千駄ヶ谷 4-9-7
電話 03(5411)6431［編集］

✦発売元　株式会社 幻冬舎
〒151-0051 東京都渋谷区千駄ヶ谷 4-9-7
電話 03(5411)6222［営業］
振替 00120-8-767643

✦印刷・製本所　中央精版印刷株式会社

✦検印廃止

ISBN978-4-344-83534-4　C0193　Printed in Japan

幻冬舎ルチル文庫